长风柳，重阳酒，雁南舸北流霞皱。烟嶂素，江声怒，
乱云无际，浊流极目，渡！渡！渡！
兰亭手，陈思斗，玉箫金针弃绣首。日空曝，芹难入，
一行清泪，两鬓雪芒，误！误！误！

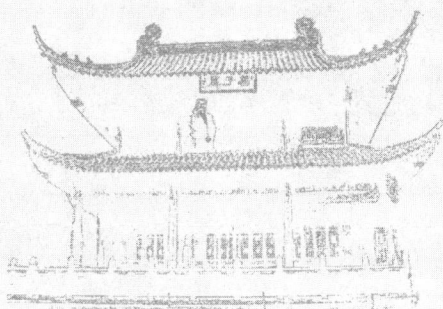

钱安华 著

桃花庄偶哥

▼ 浙江大学出版社
ZHEJIANG UNIVERSITY PRESS

图书在版编目(CIP)数据

桃花庄偶寄/钱安华著. —杭州：浙江大学出版社，
2010.2
ISBN 978-7-308-07359-2

Ⅰ.①桃… Ⅱ.①钱… Ⅲ.①诗词－作品集－中国－
当代 Ⅳ.①I227

中国版本图书馆 CIP 数据核字（2010）第 013519 号

桃花庄偶寄

钱安华 著

责任编辑	宋旭华	
封面设计	俞亚彤	
出版发行	浙江大学出版社	
	（杭州市天目山路 148 号 邮政编码 310007）	
	（网址：http://www.zjupress.com）	
排 版	杭州大漠照排印刷有限公司	
印 刷	德清县第二印刷厂	
开 本	880mm×1230mm 1/32	
印 张	5.375	
字 数	150 千	
版 印 次	2010 年 2 月第 1 版 2010 年 2 月第 1 次印刷	
书 号	ISBN 978-7-308-07359-2	
定 价	15.00 元	

序

陈志明

　　钱安华先生的诗词集《桃花庄偶寄》即将由浙江大学出版社出版,我在动手写这篇序言前,除了通读全书,看了作者的自序,还与他就其人生经历与写作情况作过一席长谈。几方面的印象汇总起来,我得到的总体印象是:本书的作者走的是一条不同寻常的人生之路,他写的正是一本有着特别内容与鲜明个性的书。

　　钱安华,浙江建德人,出生于上世纪 60 年代前期,文革之后上大学,读的是理科。在专业对口的单位工作数年之后,又辞职去读了文科。当他正顺风顺水地在大型国企单位工作时,却辞职去独自闯荡。他曾在杭州西溪、下沙等地办过制衣公司,后选定德清发展,办成了一个占地 100 亩、拥有 2000 多职工的安泰(德清)时装有限公司,还在越南开了分公司,事业上取得了不俗的成绩。

　　他把公司取了一个名字,叫"桃花庄",寓意是要把公司建设成一个理想的桃花源式的人间天堂。他办得到吗?这会不会是 21 世纪的又一个乌托邦呢?我们自不妨打上问号,但作为一个现代企业家,创办实业不只是为了赚钱,同时也是为了实现自己高远的人生理想,这是不能不令人肃然起敬的。

　　关于作者其人,我们读"自序"知道他从小就读过半部《史记》,后来一直喜欢文科,读了不少文史典籍外,这里还可以补充一个细节——他酷爱在大江大河中游泳。他自述"曾击水钱塘寒江"(《醉翁操·桃花庄》),在"戊子年"(2008 年)6 月底前往斯里兰卡考察途中,曾在印度洋中迎风击浪游泳(《破阵子·游泳》及其注)。四个月后,他又在洞头的入海处试水,"当日狂风大作,浊浪滔天",他自述当时

1

的心情是:"壮心欲缚吞舟鱼,扬臂浊流试浪高。"(《清江曲·洞头试水》词及其注)从他喜欢在大江大河中迎风击浪这一生活细节中,我们不难窥见他思想性格中有异于常人的独特的一面。

《桃花庄偶寄》就是由这样一位阅历丰富、个性鲜明的作者写下的一部在思想内容上颇见特色的诗词作品选集。全书共收入诗词235首,其中以词为主,占十之八九,旧体诗、新诗约为十之二三,有3首诗词同时有作者自己的英译,附见《满庭芳·晨》、新诗《我们的家园》、《心曲》之后。全书从题材看,可以粗分为两大部分,一是写桃花庄,另一是写桃花庄以外的世界。

写桃花庄的作品约百余首,相对集中见于本书的前半部分,其中有43首在题目中即标有"桃花庄"三字,其后的数十首虽不在题目中标出"桃花庄"字样,但从作品内容或注解看,显然也是写桃花庄的。作者对心目中的理想小天地桃花庄的描述与歌颂是全方位的——庄内的自然景观、人文设施、文体活动、劳动场景以及各类人员无不纳入诗歌的视野中,他又以爱抚的笔调深情流注地予以歌颂。

如写自然景观,他不仅为桃花庄谱写了诗的四季歌(《如梦令·四季歌》),而且还为桃花庄的一处处景点写照传神。如写翡翠河:

轻风吹皱翡河长,嫩绿黄花新香。漫枝樱桃繁星样,聚拢红妆。
金明池上鹧鸪讲,惊碎一枕黄粱。仙鲤点点满池红,奈何思量。

(《画堂春·翡翠河》)

又如写蔷薇花:

播花春子欲回宫。随意抛撒仙荔种。飘入庄里无影踪。一阵风,十里长篱满墙红。

(《忆王孙·蔷薇》)

在人文设施方面,写到的有迎宾石、少女晨起铜雕像、文化广场、文化长廊、铜雕记功碑、风流亭、燕子楼以及安泰食府等等。他在《鹧鸪天·记功碑》中,回顾过去,展望未来,直言自己将接受教训,开创新的天地。文化广场上刻有"言行一致"四个大字,他在《西江月·元宵》的结句中表示是为了与众人"共勉"。

在文体活动方面,写到的有"安泰之夜"文娱晚会(见《锦缠道·桃花庄》注解)、风筝节(《踏莎行·风筝节》)、篮球赛《醉落魄·篮球赛》、赛歌会(《一剪梅·赛歌会》)。这些活动他都积极参与。在2007年的"安泰之夜"文娱晚会上,他还即兴作诗,登台吟唱。(见《锦缠道·桃花庄》注解)

写劳动场景的作品,有《好事近·刺绣》、《天仙子·裁床》、《更漏子·实验室》、《山花子·模坯车间》、《虞美人·包装车间》等。作者熟悉工人们的劳动情景,因而写得都是非常传神的。

他还带着感情写到厂区内的各类人员,如女车工(《眼儿媚·女车工》)、检验员(《西江曲·检验员》)、实验员(《更漏子·实验室》)等。外号花蝴蝶的工作人员老孙要辞职回家,他恋恋不舍,写词送行;词的下阕写道:"燕子楼前燕掠,怕见飞来蝴蝶"(《离亭燕·赠老孙》),深情流注,颇为感人。他还用第一人称的口吻赞扬清洁工:"咱。细扫勤擦不怕烦。尘无染,心底桃花源"(《十六字令·保洁员》),让人感动。

从上述作者对桃花庄全方位的描写、记叙与抒情中,不难看出他对现代桃源梦的真诚与执著。当今诗坛太多题材雷同、缺乏个性的作品,从新颖性这方面来说,钱安华先生的《桃花庄偶寄》让人眼前一亮,值得当今作诗人与读诗人关注。

本书题材的另一大方面是写桃花庄以外的广大世界。写到了"神七"、奥运、金晶、刘翔、四川大地震等,抒发了作者的胸怀;此外社会的假、丑、恶等现象也进入了作者的视野,他都予以了无情地揭露、讽刺、鞭挞,如周正龙的纸老虎事件、三鹿奶粉事件、杭州地铁事件、臧天朔涉黑以及转基因大豆问题,等等。他还在"二〇〇八乱象"的总题目下,将出现在2008年的许多负面现象汇聚在一起予以讽刺、鞭挞,从中不难看出作者对现实的关心与为国为民敢于直言的积极的人生态度。

还有他写自己在西班牙、越南等国时的见闻与感受的诗歌,以及足可表现他孝心的四言长诗《慈母吟》等,也都各有可观,足可圈点。

这里,我还要提到新诗《我们的家园》。这是一首写桃花庄的新诗,全诗分 3 节,每节 10 句,句式长短错落、节间互相呼应,于整饬而又有变化的结构中流动着作者对桃花庄的深情,颇值得玩味欣赏。

钱安华先生的旧体诗词,常常出经入史,旁及诸子百家,看得出他有广博的传统文史修养。在诗词的构思与表现上,时而能别出心裁,巧用比喻、拟人等手法,使作品经得起咀嚼、品味;但同时也不能不指出,他的诗词有明显的疏于格律的缺点,我知道他对此已有所察觉;希望他注意改进。

是为序。

2010 年 1 月 25 日

竣稿于浙大玉泉校园

自　序

　　第一次接触古典诗词是在小学三年级,当时的中国还处在文化大革命的狂热之中,读书的孩子们都以拥有一本毛主席的红宝书为荣,于是父亲给了我一本《毛主席诗词选集》。相对于当时人手一本的《毛主席语录》,这本《毛主席诗词选集》更值得在同学们中间炫耀,而背诵其中的章句,给我带来很多羡慕目光的同时,也令我在朦胧中感受到了这种中国古典文学形式澎湃人心的力量。

　　十年浩劫结束,中学的课本里开始出现一些中国古典文学作品,有了文言文与古典诗词。这些言简意赅的文学体例,如同跳跃的音符,给了我们这些从小浸淫在所谓革命文学中的少年一种清新的感受。于是寻找和阅读文言文著作、古典诗词成了我又一大爱好。这时我得到了一本没了封面的司马迁《史记》上册,于是空余休息时间翻阅这本发黄的书伴我度过了那段迎接高考的紧张日子。老师见我如此喜欢古典文学,强烈地建议我报考文科专业,可是他不知道,血气方刚的我正被徐迟那篇著名的报告文学《歌德巴赫猜想》激励着,立志要做一个像陈景润那样的科学家,于是我报考了华中工学院(现华中科技大学)的电子物理系半导体专业。

　　当时的中国,固体物理专业非常落后,开得出这方面专业课的国内大学凤毛麟角,同学们对未来都充满了信心,仿佛祖国固体物理应用的康庄大道正在我们眼前展开。

　　大学的生活是紧张而温馨的,图书馆里浩繁的图书如取之不竭的知识源泉。除了专业书籍,古典文学同样对我保持着极大的诱惑力。读着这些书有时会想,如果屈原没有投江,而是继续研究他那著名的一百七十多个问题,也许早就发现"宇称不守恒"了;陶渊明如果把他那把著名的无弦琴装上弦,也许早就发现了能量阱以及量子的阶跃;可惜啊孔子,思想是那样的深邃,若是述而有作,也许早就说清楚资本的本质了……

有女同学问我为啥总在夜晚仰着头看天，我故作神秘地说：那里，我们的祖先正在凝视着我们。

大学毕业，来到江南一座后来以商业闻名的城市，那家国家电子工业部重点投资企业正在准备一项国家重点项目的攻关验收，于是与四十多位刚毕业大学生一道立即踌躇满志地投身到热火朝天的攻关中去了。验收获得圆满成功，随之而来的是荣誉和职位，但同时劈面而来的还有林立的山头、争权夺利的各系队伍。看着一些同来的学子笨拙地拎着包包窜来窜去，无所事事的我拿出了书本作挡箭牌。也曾学苏子美汉书下酒，念一首诗，泯一口酒，那是那座城市引以自豪的酒，温温的，甜甜的，特别适合慰藉空旷的心灵。当念到李白"安能摧眉折腰事权贵，使我不得开心颜"时，不禁大灌一口，于是大醉。如今，看到这首诗依旧会有醉意淡淡涌来。

那段时间也曾照猫画虎地填过一些诗词，只是给自己看的，后来都丢失了。

终究不愿就此沉沦，于是再入大学，这次乖乖学文，考入上海外贸学院国际贸易专业，毕业后进入一家大型国营外贸企业工作。但依旧不能适应国营企业那种特殊的文化氛围，于是戊寅年春，选择了下海。

下海的日子有艰辛，更有激情，古代圣贤总在不同的节点上通过他们的著作给我以支持和教诲。后来发现，我正是不自觉地沿着他们用诗词歌赋所画的路线图慢慢走来……

一些激情也被我换成了文字，朋友们看了，给了我很多鼓励，一些朋友更鼓动我把这些文字整集起来给更多的人看，于是有了这本集子的献拙。

目　　录

2

4

1. 天净沙·桃花庄

樱云^①柳雾^②桃纱^③，雕廊画榭金娃，凤舞龙飞峻塔。雄姿英发，心仪只在天涯。

【注释】：
①樱云：樱花漫漫如白云。
②柳雾：柳丝成幕如翠雾。
③桃纱：桃花艳丽如红纱。

2. 一斛珠·桃花庄

晚风吹过，华灯渐次流银烁^①。铜诗玉画^②心魂摄，燕子楼前、独自长廊坐。

燕雀嘈杂忙筑舍，一丝一草殷勤络^③。眼前牡丹枝条弱，雏鸟鸣时、万紫千红这。

【注释】：
①银烁：银光闪烁。
②铜诗玉画：雕刻在铜柱上的诗、玉壁上的画。
③络：缠绕、联接。

3. 酷相思·桃花庄

　　满院嘈杂争燕雀。昨夜里、东风切。看金雨①如油涂遍野。草绿也、春光泄。枝红也、春光泄。

　　旭日迟迟升笑靥。碧水闪、红鳞列。问壶口新河②可踊跃？江北也、危机解。江南也、危机解。

【注释】:

①全雨：春雨。

②壶口新河：壶口瀑布是黄河中游流经晋陕大峡谷时形成的一个天然瀑布，每年春天新河开河时崴蒐壮观。民间传说鲤鱼在此跃过龙门成龙。

4. 清平乐·桃花庄

　　牡丹叶绽。橄榄新芽淡。小院烟枝如麻乱。拂过寒河波烂。
　　锦鳞拥绿挨排，一双新鸭低徊。划破竹边镜水①，疑说苏子差来②。

【注释】:

①镜水：水平如镜。

②苏子：即苏轼。他有诗曰："竹外桃花三两枝，春江水暖鸭先知。"此说低徊的鸭子大概是苏轼派来告知春天的吧。

5. 渔家傲·桃花庄

　　玉壁黄昏金练罩。琼楼暮色归啼鸟。楼顶新茶芽嫩小。登临眺。春风满院花枝俏。

3

往事悠悠羞论道。浮生漫作诗歌啸。叩剑弹铗^①为献曝^②。狂自笑。荆璞^③未解冯唐老^④。

【注释】：

①弹铗：铗，音 jiá。据《战国策·齐策四》载，齐人冯谖为孟尝君门客，不受重视。冯三弹其铗而歌，一曰："长铗归来乎！食无鱼！"二曰："长铗归来乎！出无车！"三曰："长铗归来乎！无以为家！"孟尝君一一满足其要求，使冯食有鱼，出有车，冯母供养无乏。于是冯全心为孟尝君谋划，营就三窟。后因以"冯谖弹铗"为怀才不遇或有才华的人希望得到恩遇之典。

叩剑：抚剑，按剑，常用来表达悲欢情绪。三国魏曹植《酒赋》："或扬袂屡舞，或扣剑清歌。"唐李白《金陵歌送别范宣》："叩剑悲吟空咄嗟，梁陈白骨多如麻。"

②献曝：古时宋国有农夫春日晒日光浴，对其妻说：阳光的温暖他人都不知道，我们去告诉国王，将有重赏。又，曝应念铺，此念豹。《列子·杨朱》："昔者宋国有田夫，常衣缊(yùn)黂(fén)，仅以过冬。暨春东作，自曝于日，不知天下之有广厦隩室，绵(mián)纩(kuàng)狐狢(hé)。顾谓其妻曰：'负日之暄，人莫知者，以献吾君，将有重赏。'"后来指微不足道的贡献。

③荆璞：相传楚人卞和在荆山得一璞玉，两次献给楚王，都被认为是石头，以欺君之罪被砍去双脚。楚文王即位后，他怀抱璞玉坐在荆山下痛哭。文王令工匠剖雕璞玉，果是宝玉，遂称此玉为"和氏之璧"。此璧后传入赵，再转于秦。此玉因其经历闻名古今。

④冯唐：西汉人，以孝闻名，文帝、景帝时得不到重用，武帝求贤良，受人举荐，但冯唐时已九十多岁，终因年老不得为官。司马迁在《史记》中讲冯唐是汉文帝刘桓时候的一个老年郎官。当时云中太守魏尚防御匈奴功劳很大，但因为小的过错受到了重罚。冯唐向汉文帝刘桓直言劝说，刘桓便派他去赦免魏尚，复任云中太守。宋苏轼《江城子·密州出猎》："酒酣胸胆尚开张，鬓微霜，又何妨？持节云中，何日遣冯唐？会挽雕弓如满月，西北望，射天狼。"

6. 解佩玲·桃花庄

　　蜂飞燕舞，樱云柳雾。更桃条、梨枝花怒。玉壁琼廊，断不让、牡丹独著，站高台、满怀踌躇。

　　青春几度，豪情几度？有铭铜、雕石倾注。旧赋新词，道不尽、颠簸来路，说不完、向前去处。

【释义】：

桃花庄内植有牡丹、樱花等花木数十种，望之让人思绪万千，故有此作。

7. 锦缠道·桃花庄

　　柳重樱轻[①]，橄榄叶浓枝厚。密桃林、嫩尖才露。牡丹疏叶芳姿漏。燕子楼头，伫立诗人瘦。

　　想当年啸吟[②]，翠巾红袖。月当空、舞急歌骤。畅笑间、万紫千红，道良辰美景，暮暮朝朝有。

【注释】：

①柳重樱轻：垂柳似重，樱飞似轻。
②当年啸吟：2007年在"安泰之夜"上作者吟唱一曲《满庭芳》。

8. 谒金门·桃花庄

　　新雨骤。阶下跳珠弹豆。廊外珠帘^①春景漏。雾薄烟色厚。

　　远处天高云皱。一片绿洇^②红透。庄首樱枝牵弱柳。橄榄迎面秀。

【注释】:

　①珠帘:雨珠如帘,遮不住廊外春景。

·　②洇:音(yīn),指液体在纸、布及土壤中向四处散开或渗透。

9. 南乡子·桃花庄

　　玉壁琼楼,画繁诗漫牡丹稠。水镜华灯石磬路^①,蹒跚,斗饭廉颇^②频整束!

【注释】:

　①石磬路:桃花庄内青石铺路,行走之上发声如磬。

6

②斗饭廉颇：战国时期赵国名将廉颇受诬出走，赵王让使者去请廉颇回来带兵打仗，廉颇为表示自己尚能力战，当使者面用饭一斗，肉十斤。但使者受秦国之贿后回复赵王说见廉颇"一饭而三遗矢"，廉颇遂不得用。

10. 归自谣·桃花庄

烟柳兴，石径芬馨曲水清①，鲤深花淡茶旗劲。
楼红瓦黛雕廊净。庭园静，清歌一曲将军令②。

【注释】：

①曲水清：河水清凉、寒冷。

②将军令：乐曲名。原为军中发令时所用鼓吹之曲，后仿其调制成乐曲。曲调雄壮豪迈。今有吴克群所唱《将军令》。

11. 粉蝶儿·桃花庄

碧水清凉墨龟赤鱼戏鹭，起伏急、羽沉翻怒。更烟枝、碎浪里、绿堆红附。燕莺息、偎翠眷红①轻吐。

琼廊蜿绕香榭玉壁石路。过清风、柳飞花舞。娉婷婷、轻袅袅、玉人佳树。满春熙、谁见胆披肝露②？

【注释】：

①偎翠眷红：形容对春色的依恋。宋柳永《内家娇》词："处处踏青斗草，人人眷红偎翠。"

②披肝露胆：又披肝沥胆，喻真心相见或竭尽忠诚。

12. 上行杯·桃花庄

碧水红花青草，石磬道、柳媚樱娇。铭壁雕廊千万句，冰心一曲①。晚风清，斜日怒，醉步，酣舞，伏虎腾蛟。

7

①冰心一曲：唐王昌龄的《芙蓉楼送辛渐》："寒雨连江夜入吴，平明送客楚山孤。洛阳亲友如相问，一片冰心在玉壶。"冰、玉同为洁品，古人常以之喻美德，这就是我们常说的"冰清玉洁"。陆机《汉高祖功臣颂》有"周苛慷慨，心若怀冰"句，比喻心地纯洁。

13. 唐多令·桃花庄

玄鸟舞空楼，锦鳞浮水游。两三声、白鹭啁啾。桃雨随风扑面骤，橄榄树，绿枝柔。

樱雪画廊流，杏花竹叶舟①。玉台歌、声共林丘。翠舞红飞还欲酒，此间乐，愈乡愁。

【注释】：

①竹叶舟：传说唐时陈季卿到京城赶考，日久思家，在青龙寺被一终南山下来的老道以一叶竹叶渡回家乡。这里指清河上漂过的片片竹叶如舟。

14. 喜迁莺·桃花庄

水榭靓,玉台明,东旭练波平。燕忙蜂乱舞空庭,春晓雨初停。

垂柳嫩,樱花奋,赤列墨排①依顺。食甜餐苦自怡情,心若乘鲤行②。

【注释】:

①赤列墨排:清河内各种色彩鱼类嬉戏排顺。

②乘鲤行:古时指成仙。

15. 酒泉子·桃花庄

波静水清,浮艳鲤红龟墨。绿荫浓,香榭阔,画廊明。

细声娇语过娉婷,评绿品红难断。袖红深,巾翠淡,探花庭。①

【注释】:

①细声娇语、红袖翠巾:美人也。

16. 烛影摇红·桃花庄

影转琼廊,水榭折,映彩云、粼波漾。樱花飞过玉台①前,谁作莺歌唱?

青玉②空庭广场,记功碑、雄心万丈。圣贤杰迹,旧赋新词,听聆嘹亮。

【注释】:

①玉台:汉白玉舞台。

②青玉:广场铺满青石,如青玉也。

17. 太常引·桃花庄

柳绒樱雪落清河,赤鲤乱金波。橄榄绿南坡,果园里、蜂儿恁多。
雕廊画壁,玉台琼榭,美煞众娇娥。岁月总蹉跎,切须记、偷闲不得!

18. 朝中措·桃花庄

樱纱柳雾放晴空。淑女万花中。翠鸟啼鸣清水,黄蜂共舞春风。
画山千叶,描水万片,吟啸苍穹。邀共东君①西母②,新河看取流盅。

【注释】:
①东君:中国古代楚国神话中的神。楚国诗人屈原的著名诗篇《九歌》中有
《东君》一首。
②西母:西王母,亦称王母、金母、西姥、王母娘娘,是中国古代神话的女神。
有人称为美神,也有人叫她爱神。《穆天子传》中记载,王母娘娘雍容平和,能歌
善舞,曾经和周穆王在瑶池相会,互赠礼物和唱歌、翩翩起舞,临别的时候依依
难舍,穆王一步三回头。

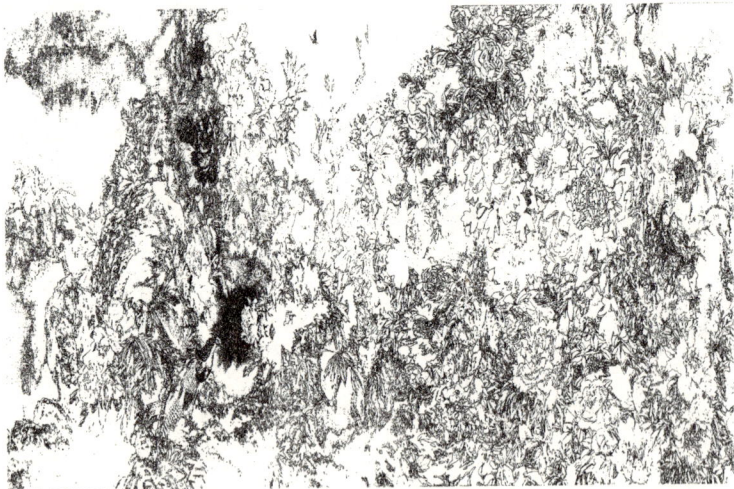

19. 霜天晓角·桃花庄

庄后庄前。嫩蔷薇杜鹃。酝酿红墙绿壁,银杏怒、刺云天。
山边,凝淡烟[①],水旁,直玉轩[②]。细数画梁描柱,多少愿、未得闲。

【注释】:
①凝淡烟:远处绿色淡淡如凝烟。
②直玉轩:河水旁汉白玉雕成的栏杆长长地伸向远方。

20. 点绛唇·桃花庄

春信南来,描红染绿吹飞絮。纵情鸣羽,掠过清波细。
苏醒楼庭,喜悦打工女。新风煦,画廊明丽,步点轻盈去。

21. 望江东·桃花庄

轻水新花草茵绿,蔽烟树、隔琼壁。燕飞蜂舞柳莺语,道告示、春天里。

红鳞墨甲妆仙侣,画榭靓、诗轩熠。长风万里[①]欲寻觅,五株柳[②]、一支笔[③]。

【注释】:
①长风万里:宗悫,字元干,南北朝时人。宗悫年少时,叔父宗少文问其志向,宗悫答道:"愿乘长风破万里浪!"
②五株柳:晋时陶渊明隐居浔阳柴桑,宅前种柳五株,著有《五柳先生传》。
③一支笔:五代王仁裕《开元天宝遗事·梦笔头生花》载唐代大诗人李白曾梦见所用之笔头上生花,从此才情横溢文思不绝。

22. 山坡羊·桃花庄

春来冬去,蜂飞莺戏,红花翠柳新河碧。上瑶台,面琼楼,画间诗里寻真谛,追风捕月①究道理。言,求诸己;行,求诸己。

【注释】:

①追风捕月:又捉风捕月,原比喻说话做事丝毫没有事实根据,在此喻漫无目的地探求。

23. 行香子·桃花庄

花漫枝稠,松劲樱柔。正春工①、描写风流。雕铜铭玉,删简春秋。那桥边诗,廊中画,挚情收。

璞涩玉润②,碧水红楼。恨时光、不解闲愁。莺啼燕舞,鲤戏龟游。看放花来,散花去,水长流。

【注释】:

①春工:春季造化万物之工。宋柳永《别银灯》:"何事春工用意,绣画出,万红千翠。"

②璞涩玉润:璞指铺路的石板,玉就是雕有诗章的汉白玉了。

24. 如梦令·桃花庄

春主桃庄欢宴,醒醉①仙姬一片。放浪②作涂鸦,恣意斗芳争艳。灵幻③,灵幻,满院蕊开花绽。

【注释】:

①醒醉:陶醉,沉醉。《文选·张衡〈西京赋〉》:"于是众变尽,心醒醉,盘极乐,怅怀萃。"薛综注:"醒,饱也。萃,犹至也。于是游戏毕,心饱于悦乐,怅然思念,明当复至也。"酒醇致醉?景美致醉?陶醉之情一也。

②放浪:放纵不受拘束。晋郭璞《客傲》:"不恢心而形遗,不外累而智丧,无岩穴而冥寂,无江湖而放浪。"这里指醒醉仙女放浪形骸矣。

③灵幻:空灵缥缈,幻若仙境。

25. 淡黄柳·桃花庄

河边浪柳,飘翠丝绒幕。一片鹅黄随燕舞。满院红花绿叶,听调春雷一通鼓。

牡丹吐,春风画廊处。醉樱雪,困桃雾。笑梨花吝啬龙钟步。漫树新芽,绿消黄浅,一日熊白①横怒。

【注释】:

①熊白:熊背上的脂肪,色白,旧时是珍贵的美味。在此指梨枝由绿渐浅,白色梨花一日绽放,浓郁、烂漫。

26. 夜游宫·桃花庄

丽日红霞碧水,斗莺燕、啼声清脆。嫩柳浓樱面前坠。晕雕诗,眩铭词,新鲤醉。

玉榭琼廊美,欲写尽、古今娇媚。满目生机颜色愧。怕人知,鬓毛衰,雄心碎①。

【注释】

①鬓毛衰,雄心碎:桃花庄里廊榭蜿蜒,景色壮美,引诗人摸鬓自叹,心为之碎。

27. 渡江云·桃花庄

　　旭光流异彩,乱花怒放,翠绿引鹅黄①。巽风②中燕子,水榭空庭,处处舞成双。碧河荡漾,眩颜色、赤影浮光。樱雪厚、柳丝成网,鹇鸟学疏狂。

　　情伤,蹉跎岁月,跌宕风云,有凌云③难忘。酸眼阅、雄诗满壁,杰作盈廊。功名利禄寻常事,傍课堂、宣泄激昂。霜入鬓,惺惺望过垂杨。

【注释】

①鹅黄:柳条萌发之色。

②巽风:巽,音(xùn)。巽风,春风也。

③凌云:直上云霄。多形容志向崇高或意气高超。《史记·司马相如列传》:"相如既奏《大人》之颂,天子大说,飘飘有凌云之气,似游天地之间意。"此处指凌云之志。

28. 醉花间·桃花庄

　　樱花碎,燕声碎,飘过空庭坠。霞蔚荐朱楼①,翠水流春媚。琼廊雕璀玮②,玉壁浮森蔚③。软风润凤台④,香漫诗人醉。

【注释】

①霞蔚:云霞盛起。明皇甫涍《将命巡辂徒倚署阁》诗:"霞蔚见层峦,花深隐群壑。"此处指彩霞与朱楼争辉。

②璀玮:华丽。明安磐《颐山诗话》:"谢康乐之诗,虽是涉于对偶,然而森蔚

璀玮,繁密错缛,一句一字极其深思。"此处指雕饰华丽也。

③森蔚:繁茂。北魏郦道元《水经注·浙江水》:"山下有亭,亭带山临江,松岭森蔚,沙渚平静。"此处指白璧浮于绿林之中。

④凤台:秦穆公为其女弄玉所筑,弄玉与萧史于凤台上吹箫,有孔雀白鹤舞其上。此代指桃花庄内白玉舞台。

29. 御街行·桃花庄

横塘不作桃根渡①。柳叶翠,樱花怒。琼廊流过雪笺书②,廊下红鱼无数。年年此景,顿生情愫,春好难托付。

春诗欲伴花同驻。好景短,常成误。年年新燕筑新屋,雏鸟声声催促。红楼画榭,玉轩金柱,多少真情注!

【注释】:

①桃根渡:东晋王献之有桃叶、桃根姊妹俩为小妾。王献之曾在渡口迎接过爱妾桃叶,并作《桃叶歌》曰:"桃叶复桃叶,渡江不用楫;但渡无所苦,我自迎

接汝。"古渡口由此得名，成为南京一道著名景点。后人有多事者谓桃叶、桃根同为妾，然有厚薄彼此焉！

②笺书：信笺。小幅华贵的纸张，古时用以题咏或写书信。此谓白色花瓣如雪纷飞，恰似写满春信的信笺。

30. 惜红衣·桃花庄

柳叶鹅黄，樱花怒放，蝶狂蜂浪。碧水红波，黄花点青幛。莺歌燕舞，谁过问、诗人惆怅？飘荡，樱雪柳绒，试春天方向①。

雕梁画框，金壁琼墙，诗书作新样。烟尘眺断列嶂，北边望。可叹柳旁樱外，翠袖红巾清唱，问广衰②冯老③，不若骑奴④精壮！

【注释】：

①樱花、柳絮随风飘向四方，似乎在试探春天将要流走的方向。

②广衰：李广，西汉名将。一生皆在边关戍敌，与匈奴七十余战，以骁勇善射、智谋超群著称。然一生未得封侯，广深以为恨。元狩六年，李广随卫青出征匈奴，武帝以李广年老又命数不好暗嘱卫青不让他与单于正面对阵，最后广以迷路误期，以"终不能复对刀笔之吏"拔刀自刎，成千古憾事。

③冯老：冯唐，西汉人，以孝闻名。文帝、景帝时得不到重用，武帝求贤良，受人举荐，但冯唐时已九十多岁，终因年老不得为官。

④骑奴：卫青，字仲卿，西汉名将，是汉武帝时期抗击匈奴的主要将领。卫青年少时做了武帝姐姐平阳公主的骑奴，每当公主出行，卫青即骑马相随。后卫青的姐姐被武帝宠信，卫青也青云直上做了西汉的将军，率军与匈奴作战，屡立战功，成就了万世英名。

31. 点绛唇·桃花庄

日丽花红，桃花庄里晨光好。画廊啼鸟，广场花枝俏。
垂柳轻摇，绿水廊前绕。掩口笑，上工还早，昨夜游天调①。

【注释】：

①游天调：信天游，西北乡间流行的情歌。

32. 蝶恋花·桃花庄

　　吹淡樱花枝头翠。蝶舞相随,满院牡丹蕾。白壁一片山水诗。青铜一尊记功碑。

　　窈窕晨起迎宾石①。桃红欲醉,绿丛燕双飞②。莺啼一声玉磬脆。清风一阵开心扉。

【注释】:
　①晨起迎宾石:桃花庄前有迎宾石,旁立晨起少女雕塑。
　②燕双飞:唐李白有诗:"双燕复双燕,双飞令人美。"

33. 阮郎归·初夏桃花庄

　　灸灸曛日夏草青。熏风催蝉鸣。柔肩嫩面翠裙明。粉蝶空半停。

17

橄榄豆,枣花晶。窈窕①喜作惊。轻歌曼舞弄殷勤。舍得十代情②。

【注释】:

①窈窕:《诗·周南·关雎》:"窈窕淑女,君子好逑。"这里指美女。汉蔡邕《青衣赋》:"金生沙砾,珠出蚌泥;叹兹窈窕,产于卑微。"

②十代情:《天台山遇仙》记东汉明帝永平五年(62年),刘晨、阮肇双双上天台山采药,被天台山仙女接往仙居。后刘阮二人怀念家中亲人,遂辞别仙女回家。不料家乡已面目全非,遇到的青壮年皆为昔日同龄人的第十世孙。

34. 渔歌子·桃花庄

桃花庄里彩灯辉。细语轻歌丽人围。晨露女①,记功碑②。春节十次梦中回。

【注释】:

①晨露女:桃花庄前有女儿晨起铜雕。

②记功碑:桃花庄内有大型记功碑铜雕一座。

35. 渔歌子·桃花庄

画楼新,雕廊晔。贤人圣事从头写。玉台高,诗壁叠。靓语豪言倾泻。

绿荫浓,石路洁。蜂飞鸟语歌声悦。树临风①,花姚冶②。灯闹小庄遥夜。

【注释】:

①树临风:形容人风度潇洒,秀美多姿。多用来形容男子风度翩翩。

②姚冶:妖艳。《燋文》曰:"姚,美好貌;冶,妖。"多用来形容女子姿容美丽。

36. 天香·桃花庄

夕照楼红,鳞浮水破,映白玉壁诗画。蛩语蝉吟,蜂猜鸟识,阅点花廊勾划。绿摇红许,听燕子、应声喧沓。香雾凭空袅娜,桃花信风飘飒。^①

临风玉台峻拔,引东君^②、轻勒仙驾。香榭亭亭玉立,舞歇歌罢。直恁工余节假。莫辜负、曾经誓言下。艳丽桃庄,劳勤乃大。

【注释】:

①桃花庄内有汉白玉堆建的歌舞台,高大峻拔,燕子楼亭亭玉立。

②东君:屈原《九歌·东君》:"驾龙辀兮乘雷,载云旗兮委蛇。"路过此人间仙境,自然驻足。

37. 醉翁操·桃花庄

风凉,飞芒,花香。燕翔双,蜂忙,春姑又回桃花庄。露丝添画雕廊,诗璧长。橄榄黯垂杨,燕子楼外红鲤狂。

醉颜啸咏,抚鬓星霜。卧云浩叹①,空也襟怀倜傥。击水钱塘寒江,遏浪锡兰②苍茫,风流应四方。行云折流光,驾鹤献八荒,宇寰从此共仙乡。

【注释】:

①卧云浩叹:唐白居易《酬元朗中书怀见赠》:"终身拟作卧云伴,逐月须收烧药钱。"喻指隐居,隐于尘世,空有抱负。

②锡兰:斯里兰卡,旧年曾在斯里兰卡海边惊涛中游泳。

38. 西江月·桃花庄

翠鸟轻啼河面,朝阳新照廊前。茶芽萌动在楼巅①,郁郁苍苍一片。

红楼彩旗舒卷,丽人三两河沿。闲来尤喜比花钱,海啸②戛然不见。

【注释】:

①茶芽萌动在楼巅:桃花庄楼顶上建有大型茶园。

②海啸:风卷全球的金融危机。

39. 金人捧露盘·桃花庄

　　映飞檐,飘翠柳,放牡丹。任意处、袅袅青烟。随心鸟雀,斗脆声雕廊舞花园。鲤红龟墨,厌波平、难引瞻观。

　　风拂面,香盈溢,花飘曳,水清涟。欲畅醉、燕子楼前。婵娟玉树^①,笑花白丝鬓倦红颜^②。读书万卷,王翦还、问舍求田^③!

【注释】:

①婵娟玉树:指姑娘、小伙。

②花白丝鬓倦红颜:鬓丝斑白,红颜憔悴。

③王翦还、问舍求田:王翦,秦代名将。秦始皇命王翦率六十万大军攻楚,王临行前请求始皇赐予许多良田、美宅、园林池苑等。始皇笑之,王翦坚请。行军路上王翦又连续五次派使者回朝廷请求赐予良田。后王翦成功灭楚,也成就了"王翦请田"的典故。其实王翦请田是为消除秦始皇的疑心。

40. 洞仙歌·桃花庄

　　风清月淡,映水光如练。燕子楼边腊梅浅。更香传、一院醋叶眠芽,灯花烨,玉壁琼廊延远。

　　有严墙嫩壁,深院高楼,樱树桃枝正怀恋。待鸾鸟^①雷姑^②,万紫千红,蜂蝶乱、迷失花漫。早备好金盅夜光杯^③,锦鲤莫分开,水清推盏^④。

【注释】:

①鸾鸟:古代传说中的神鸟、瑞鸟。《山海经·西山经》:"(女床之山)有鸟焉,其状如翟而五采文,名曰鸾鸟,见则天下安宁。"

②雷姑:又称雷祖、螺祖,传说是黄帝的元妃,主雷雨之神。《山海经·海内经》:"黄帝妻雷祖生昌意。"

③夜光杯:古时用祁连山玉石雕制成的酒杯。倒入酒后,色呈月白,反光发亮,因此得名。

21

④水清推盏：曲水流觞，是中国古代流传的一种游戏。夏历的三月人们举行被禊仪式之后，大家坐在河渠两旁，在上流放置酒杯，酒杯顺流而下，停在谁的面前，谁就取杯饮酒。

41. 人月圆·桃花庄

牡丹花放桃庄俏，满院妙香飘。樱花吹雪，桃枝起雾，同助妖娆。
画廊幽韵，云楼雄峻，玉壁清韶。雪灯明月，清风啸叶①，响起歌谣。

【注释】：
①清风啸叶：清夜，微风吹起树叶沙沙作响。

42. 绛都春·桃花庄

浑蜂脆鸟，报柳嫩杏天，桃庄春早。丽日暖风，琼榭香廊清河绕。

22

墨龟赤鲤争行道,与养晦、韬光①应好。落英飞雪,流霞俊院,玉辉金耀。

　　缥缈。花扑叶舞,香风醉、漫漫庭边楼角。桂摆柳摇,燕子花前飞轻巧,雀儿枝上争嬉闹。丽春妙、莫惜春草②。晚花静照夕霞,犹摇轻俏。

【注释】:

　　①养晦、韬光:即韬光养晦,指隐藏才能,不使外露。《旧唐书·宣宗记》:"历太和会昌朝,愈事韬晦,群居游处,未尝有言。"此借喻隐居养性。

　　②莫惜春草:唐杜甫《赠翰林张四学士垍》诗:"此生任春草,垂老独漂萍。"谓莫叹息春草卑微,人生无奈。

43. 春江花月夜·桃花庄

　　春潭鱼跃轻,琼榭月斜明。疏叶灯华淡,繁花风动情①。

【注释】:

　　①风动情:风也动情,人情动乎?

44. 诉衷情·晨曦

　　墨穹渐淡揭苍茫。曦①驭派霞光。雀吟燕子楼上,锦鲤比红装。红满宇,绿弥庄,漫芬芳。轻呵凝绿②,重斥清流③,恁底疏狂④。

【注释】:

　　①曦:曦和,传说是帝俊的妻子,与帝俊生了十个太阳儿子(金乌),曦和每天驾着车带着她其中一个儿子由东向西走,于是人间才有了昼夜之分。唐许敬宗《奉和入潼关》:"曦驭循黄道,星陈引翠旗。"

　　②凝绿:宋王安石《桂枝香·金陵怀古》:"千古凭高,对此漫嗟荣辱。六朝旧事如流水,但寒烟、衰草凝绿。至今商女,时时犹唱,后庭遗曲。"此以凝绿代指王介甫也。

　　③清流:马可·奥勒留(121—180年)《沉思录》:"在人的生活中,时间是瞬息即逝的一个点,实体处在流动之中,知觉是迟钝的,整个身体的结构容易分解,灵魂是一涡流,命运之谜不可解,名声并非根据明智的判断。一言以蔽之,

属于身体的一切只是一道激流。"此以清流代指马可·奥勒留也。

④疏狂：宋苏轼《满庭芳》："蜗角虚名，蝇头微利，算来著甚干忙。事皆前定，谁弱又谁强。且趁闲身未老，尽放我、些子疏狂。百年里，浑教是醉，三万六千场。　　思量、能几许？忧愁风雨，一半相妨。又何须抵死，说短论长。幸对清风皓月，苔茵展、云幕高张。江南好，千钟美酒，一曲满庭芳。"以此疏狂，岂值效仿王安石、马可·奥勒留浅陋之辈。

【释义】：

此处词作者(桃花庄主)借庄内美景表达自己的内心世界：效仿竹林贤士，肆意清流，纵歌野林，漫评人物，指点江山，快意无穷；同时隐批马可·奥勒留、王安石之流不值效仿。

45. 满庭芳·晨

万紫千红，鱼跃鸟语，长啸万里共鸣。玉台芳榭，铜碑驻雄鹰。工厂天下第一，杭州外，莫干为邻。晨光里，防风①热血，东野②慕当今。

豪情，安泰人，桃庄深处，赤子诚心。发展重环境，责任千钧。做事自始尽心，品质稳，货无误期。光阴迫，戮力同心，环球任我行。

【注释】：

①防风：武康，古防风国故地。厂在武康也。嘉靖《武康县志·序》："古防风氏国于封隅，为今武康之地。"《国语·鲁语下》："仲尼曰:'丘闻之:昔禹致群神于会稽之山，防风氏后至，禹杀而戮之，其骨节专车。此为大矣。'"

②东野：孟郊(751—814 年)，字东野，湖州武康(今浙江德清)人，祖籍平昌(今山东临邑东北)。先世居洛阳(今属河南)，唐代著名诗人。

Flowers blooming，fishes jumping，birds chirruping and echoes from far away.

Jade terrace，flowery pavilion，eagles on the bronze monument.

Nr. One factory，on Mogan mountain，near Hangzhou.

In the dawn light，hero Fangfeng tearing，poet Mengjiao admire us.

Proud，Antex，amid the flowers，sincere love.

Environment before development，behave responsibly.

Do jobs carefully from very beginning，quality stable，deliver in time.

Time's flying，do the best，reach worldwide.

46. 浣溪沙·春景

桃花庄前最妖娆,樱花似雪榄千条,彩蝶邀舞幸福桥。
次按①不惊丽人笑,寒冬无奈桃杏娇,欢梦犹有奉珠鲛②。

【注释】:

①次按:美国次级贷款危机引发的全球经济危机。

②奉珠鲛:献珠的鲛人。《博物志》:"南海水有鲛人,水居如鱼,不废织绩,其眼能泣珠。"

47. 菩萨蛮·香雪海

香雪纷纷樱花海,桃面相映①笑靥开。鱼闲水波细,腮红娥眉翠。

明眸清池浅②,橄榄浓叶蓝。春梦③正关情,眼迷枝头新。

【注释】:

①桃面相映:唐崔护有诗:"去年今日此门中,人面桃花相映红。人面不知何处去,桃花依旧笑春风。"在此则描绘人面与桃花相映争辉。

②明眸清池浅:美人的眼眸如水一样清澈,而翡翠河的水亦如美人的眼眸一样清澈。

③春梦:宋晏几道有词:"醉别西楼醒不记,春梦秋云,聚散真容易。"在此则春梦自远秋云,正是迷离时节。

48. 玉蝴蝶·清明

帘外空廊阔榭,玉台落日斜。长阶落英雪,浮水繁花屑。①
青头辞燕雀②,悲雨清明节③。年年绿桃叶④,玉郎何处歇?

①前四句：安泰（德清）时装有限公司又名桃花庄，内有白玉高台，嵌诗长轩，精刻长廊，细雕香榭，翡翠长河，如虹石桥，故云。

②青头辞燕雀：秦末陈胜有云："燕雀安知鸿鹄之志哉？"盖燕雀之低不知鸿鹄之高志也。此指少年自视清高，小视同年也。

③悲雨清明节：唐杜牧诗："清明时节雨纷纷，路上行人欲断魂。借问酒家何处有？牧童遥指杏花村。"那年清明，雨也纷纷。

④桃叶：晋王献之有姐妹美妾名桃根、桃叶。献之有诗云："桃叶映红花，无风自婀娜。春花映何限，感郎独采我。"此感桃叶又绿，不见埠头少年。

49. 踏莎行·风筝节

繁花青草，婀娜窈窕。好风借力①腾彩鹞②。群鸟窜飞鹭探脑，桃庄前后人欢闹。

樱柳香袅③，英姿纤巧。天高云白风筝小。安泰家园春光好，风顺帆直前程耀。

①好风借力：《红楼梦》有词："好风凭借力，送我上青云。"

②彩鹞：鹞本意指一种中型猛禽，古时称风筝作鹞。这里指彩色的风筝。

③樱柳香裘：宋吴文英《丁香结》："香裘红霏，影高银烛，曾纵夜游浓醉。"这里指樱飞柳摆，裘裘仙姿。

50. 采桑子·空中春茶

风寒燕子归依旧，春信泄漏①。鹅黄欲就②，参差豆蔻③语还羞。绝顶茶丘万丈楼，无尽甘露④。仙茗繁秀，酥手绿英香沁透。

【注释】：

①春信泄漏：元贯云石："南枝夜来先破蕊，泄露春消息。"此指燕子带来春天到来的消息。

②鹅黄欲就：宋赵令词："搓得鹅黄欲就，天气清明时候。"此指柳蕊嫩色如鹅黄。

③豆蔻：诗文中常用以比喻少女。唐杜牧《赠别》诗："娉娉袅袅十三余，豆蔻梢头二月初。"少女参差其间，与花娇羞。

④甘露：相传,汉武帝刘彻令在西安建章宫修造一尊托盘承露铜仙人台,用天降甘露拌玉石碎屑服食以求长生不死。

51. 卜算子·春雨

　　飞英空庭闹①,玄鸟轻掠巧。三四点雨阶前敲,鼍龙②蹒跚到。赤诵③弄飘渺,龙驰虎欲哮。珍珠玉柱落塘坳,潇洒长樱桃。

【注释】:

①闹：热闹。宋宋祁词："绿杨烟外晓寒轻,红杏枝头春意闹。"

②鼍龙：鼍,音(tuó),神龙也,常鼓腹而歌。《诗经·大雅·灵台》："鼍鼓逢逢,蒙瞍奏公。"

③赤诵：又名赤松子,号左圣南极南岳真人左仙太虚真人,相传为神农时雨师,能入火自焚,随风雨而上下。

52. 采桑子·樱花

　　桃庄三月春来早,处处芳草。时时啼鸟,樱花怒于八月涛。①琼廊玉阶清风扫,轻轻雪飘②。澎湃心潮,烟花柱柱冲天高。③

【注释】:

①上半首：唐孟浩然诗："春眠不觉晓,处处闻啼鸟,夜来风雨声,花落知多少。"清龚自珍诗："黄金华发两飘萧,六九童心尚未消。叱起海红帘底月,四厢花影怒于潮。"

②轻轻雪飘：此处指樱花落英如轻雪飘飘的样子。

③澎湃句：指樱花如烟花一样高高冲向天空。

53. 画堂春·翡翠河①

　　轻风吹皱翡河长,嫩绿黄花新香②。漫枝樱桃繁星样,聚拢红妆③。

29

金明池④上鹧鸪讲⑤,惊碎一枕黄粱⑥。仙鲤⑦点点满池红,奈何思量。

54. 醉花阴·文化广场

碍月①雪灯金光柱②。白碧嵌诗赋。玉台佳人舞，女娲镶土，盘古执云斧③。

莲花碎步④叩青璞⑤。香廊叹今古⑥。铜锁燕子楼⑦，红鲤吐雾⑧，牡丹开成幕。

【注释】：

①碍月：宋秦观《望海潮》："西园夜饮鸣笳。有华灯碍月，飞盖妨花。"此指广场四周路灯如雪。

②金光柱：广场中有铜铸记功碑，夜晚金光四射。

③女娲镶土,盘古执云斧:中国古代故事,女娲先以土造人,后遇天倾地漏,以五色土补天,救民于倒悬。盘古以斧劈开混沌天地,形成宇宙。桃花庄凿二者像以张扬之。《仪礼·觐礼》云:"天子设斧依于户牖之间,左右几。"郑注云:"有绣斧文,所以示威也。斧谓之黼。"

④莲花碎步:《南史·齐本纪下》:"又凿金为莲华以帖地,令潘妃行其上,曰:'此步步生莲华也。'"

⑤青璞:青玉,指广场以青石铺地。

⑥香廊叹古:香廊,即广场边文化长廊。此指文化长廊上雕满古今故事。

⑦铜锁燕子楼:苏轼《永遇乐》:"燕子楼空,佳人何在,空锁楼中燕。"

⑧红鲤吐雾:《西游记》第四十一回:"吐雾遮三界,喷云照四方。一天杀气凶声吼,日月星辰不见光。"此借指翡翠河上轻雾袅袅。

55. 查生子·谷雨

　　去年落雨时,雨细阡陌皱。人约燕子楼,花与泥同厚。①
　　今年落雨时,雨与楼依旧。遥觅去年人,萼翼②娇颜漏。

【注释】:
①上半首:盖去年燕子楼刚落成,四周泥土尚未被花草完全覆盖也。
②萼翼:在花瓣下部的一圈叶状绿色小片,此代指花,花瓣如花的翅膀翩翩起舞,露出下面桃花般的笑脸。

56. 长相思·桃

　　蟠桃圆,樱桃圆。直把工厂当果园。枝头点点妍。①
　　果秀甜,脸秀甜。爱到恨时方是缘。独自莫倚轩②。

【注释】:
①上半首:四月时,安泰厂区里硕果累累,如果园一般,枝头挂满了各种果实。
②独自莫倚轩:白居易诗:"恨到归时方始休,月明人倚楼。"此借用。

57. 西湖·燕子楼

　　钱塘①远。飞檐翘首归燕。艳而电炫②曲廊边，牡丹迷漫。玉砌画楼雕华樟，磅礴春秋典简。

　　银汉繁，圣子显③。大江淘尽恩怨。雀迹④烂册⑤汨罗⑥寒，投笔鸿愿⑦。踏破关山⑧勒燕然⑨，成败都换沧田⑩。

　　阴晴圆缺五万年。依稀见，金谷⑪梁苑⑫。燕子不知代换⑬。细评说潮头潮尾俊彦，一样的石光火电⑭。

【注释】：

①钱塘：杭州，古称钱唐，唐时改名为钱塘。影射唐贞元年间张愔在徐州筑燕子楼藏美姬关盼盼事。又指此处距杭州尚远。

②电炫：梁乔潭《中渭桥记》："经之营之，不惹于素，丹柱插于坎陷，朱栏艳而电炫。"形容画廊朱栏艳丽眩目。

③银汉繁，圣子显：银汉，即银河。指古来圣人君子多如繁星。

④雀迹：传仓颉观鸟雀足迹而发明文字。

⑤烂册：传孔子作春秋时，反复诵读，竟将册绳磨断。

⑥汨罗：传屈原唱《离骚》罢而投汨罗。

⑦投笔鸿愿：东汉时班超投笔从戎，出征西域，成就功名。鸿愿：远大的志愿。陈胜有云："燕雀安知鸿鹄之志哉？"

⑧踏破关山：宋岳飞《满江红》："驾长车踏破、贺兰山缺。"唐李贺《南园》："男儿何不带吴钩，收取关山五十州。请君暂上凌烟阁，若个书生万户侯？"

⑨勒燕然：《后汉书·窦融传》附《窦宪传》："（窦宪）与北单于战于稽落山，大破之。……宪、秉遂登燕然山，去塞三千余里，刻石勒功，纪汉威德。"

⑩换沧田：晋葛洪《神仙传·麻姑》："麻姑自说云，接待以来，已见东海三为桑田。"后人以沧海桑田形容巨大变化。

⑪金谷：晋石崇在洛阳城郊金谷涧中修建了一座金谷园。园中珍宝无数、美妾如云。在这里发生的绿珠殉情故事为后来诗人不断吟颂。

⑫梁苑：汉梁孝王刘武在平息了长王之乱后，在梁地以睢阳为中心修建东苑，也叫菟园，后人称为梁园。梁孝王在此数宴文人雅士，为当时盛事。

⑬燕子不知代换：宋周邦彦《西河·金陵怀古》："想依稀、王谢邻里，燕子不

知何世。向寻常巷陌人家,相对如说兴亡、斜阳里。"此化用。

⑭石光火电:晋潘安仁《河阳县作》:"人生天地间,百岁孰能要? 炯如槁石火,暼若截道飙。"后人用"石火电光"形容事物像闪电和石火一样一瞬间就消逝。

58. 绿头鸭·春日

雀倒飞①,争觑燕子楼前。波光滟、摇动朱榭,不尽赤鬒②点点。樱桃繁、欲滴娇艳,牡丹稀、才收灿烂。玉雕诗篇,金铭文献,风采彪炳流霞炫。轻雾寒、细风渐暖,此时最流连。青璞脆、红裙轻舞,施施婵媛。

对佳人、江郎笔颓③,镜里霜鬓尘面④。想当年、拍断阑干⑤,看如今、频调周弦⑥。营得经年,才解绿草⑦,又怎奈厚厚春寒。凝思想、临水伯涵⑧,还是恋鏖战。振作起、清歌一曲,廉颇能饭⑨。

【注释】:
①雀倒飞:唐姚合《春日》:"弄日莺狂语,迎风蝶倒飞。"此化用,羽雀倒飞,为美楼倾倒也。
②赤鬒:赤,即比朱色稍暗的颜色。鬒,本指某些哺乳动物颈上生长的又长

34

又密的毛。唐李朝威《柳毅传》:"俄有赤龙长千余尺,电目血舌,朱鳞火鬣,项掣金锁,锁牵玉柱,千雷万霆,激绕其身,霰雪雨雹,一时皆下,乃擘青天而飞去。"

③江郎笔颓:《南史·江淹传》:"尝宿守冶亭,梦一丈夫,自称郭璞谓淹曰:吾有笔在卿处多年,可以见还。淹乃探怀中,得玉色彩笔以授之;尔后为诗,绝无美句,时人谓之才尽。"

④霜鬓尘面:宋苏轼《江城子》:"纵使相逢应不识,尘满面,鬓如霜。"

⑤拍断阑干:宋辛弃疾《水龙吟》:"把吴钩看了,阑干拍遍,无人会,登临意。"

⑥周弦:唐李端《听筝》:"鸣筝金粟柱,素手玉房前。欲得周郎顾,时时误抚弦。"抚琴女子只为得周瑜一顾,故意错音,谁知却赔上了一生的幸福。

⑦才解绿草:唐白居易《赋得古原草送别》:"离离原上草,一岁一枯荣。野火烧不尽,春风吹又生。远芳侵古道,晴翠接荒城。又送王孙去,萋萋满别情。"

⑧临水伯涵:曾国藩,字伯涵,传说率湘军在鄱阳湖对太平军作战初曾屡次失利,几欲自裁,后竟获成功。

⑨廉颇能饭:《史记·廉颇蔺相如列传》:"赵使者既见廉颇,廉颇为之一饭斗米,肉十斤,被甲上马,以示尚可用。"辛弃疾词《永遇乐·京口北固亭怀古》:"凭谁问,廉颇老矣,尚能饭否?"

59. 忆秦娥·春夜

月如钩[1]。银波摇动燕子楼。燕子楼。廊空乌啼[2]，月光如绸。

醉眼细看青碑幽。清风吹过樱桃熟。樱桃熟。吹弹得破[3]，不尽风流。

【注释】:

①月如钩：月亮像钩一样，指弦月。南唐李煜《相见欢》："无言独上西楼，月如钩，寂寞梧桐深院锁清秋。"

②乌啼：本指乌鸦的鸣叫，此处是指静寂夜深。唐张继《枫桥夜泊》："月落乌啼霜满天，江枫渔火对愁眠。姑苏城外寒山寺，夜半钟声到客船。"

③吹弹得破：元王实甫《西厢记》："觑俺姐姐这个脸儿，吹弹得破，张生有福也呵！"此用来喻樱桃的娇嫩。

60. 荷叶杯·金鲤

争姹赤鲤红霞。潇洒。满河汉。朱鳞火鬣掣金甲[1]。琴高[2]。几时驾？

【注释】:

①朱鳞火鬣掣金甲：朱鳞、火鬣、金甲皆为桃花庄翡翠河中锦鲤的颜色。

②琴高：汉时乘鲤成仙者也。桃花庄内翡翠河里锦鲤无数，望之心旷神怡，飘然若仙。

61. 河满子·樱桃

绿水纤丝轻袅，红樱翠葆[1]含娇。姹紫嫣红惊飞鸟，池底赤鲤渐消。月照珠玑闪耀，满枝东南风[2]好。

婵娟悲人易老，司马红泪[3]湿袍。万粒胭脂情未了，樊姬[4]伤感闺庙[5]。红颜同此易逝，此心与渠俱老。

36

【注释】：

①红樱翠葆：葆，草木丛生之貌。此处指红樱又翠又密的样子。宋王沂孙《三姝媚·樱桃》："红樱悬翠葆。渐金铃枝深，瑶阶花少。万颗燕支，赠旧情争奈，弄珠人老。"

②东南风：魏曹植："愿为东南风，长逝入君怀。"

③红泪：晋王嘉《拾遗记》："（魏）文帝所爱美人姓薛名灵芸，常山人也……灵芸闻别父母歔欷累日，泪下沾衣。至升车就路之时，以玉唾壶盛泪壶则红色。既发常山及至京师壶中泪凝如血。"后因以"红泪"称美人泪。唐白居易《离别难》诗："不觉别时红泪尽，归来无泪可沾巾。"

④樊姬：即樊素，白居易家的歌妓。因善歌，有樊口之称。唐白居易："樱桃樊素口，杨柳小蛮腰。"

⑤伤感闰庙：白居易年衰，欲遣姬放马。其坐骑反顾而鸣，不忍离去。樊素亦感伤落泪。白长叹道："骆骆尔勿嘶，素尔勿啼。骆反庙，素反闰。吾虽疾作，年虽颓，幸未及项籍之将死，何必一日之内弃雒分而别虞姬！素分素今！为我歌杨柳枝。我姑酌彼金罍，我与尔归醉乡去来。"唐白居易《江楼月》："嘉陵江曲曲江池，明月虽同人别离。"

62. 玉蝴蝶·杨梅

寒来红落绿回。园角见杨梅。逆雪剑含悲。迎风戟自威。^①
春枝争荟蔚^②。隐入理新眉^③。一日凤朝会^④。漫枝珠玑^⑤绯。

【注释】：

①剑、戟：梅叶似剑，梅枝如戟。

②荟蔚：草木繁盛貌。宋李格非《洛阳名园记·水北胡氏园》："林木荟蔚，烟云掩映。"

③新眉：杨梅新叶弯弯如眉，故有此说。

④凤朝会：杨梅熟时，百鸟飞聚啄食，恰如百鸟朝凤。

⑤珠玑：珠宝，珠玉。《墨子·节葬下》："诸侯死者，虚车府，然后金玉珠玑比乎身。"杨梅圆润娇艳如珠玑。

63. 忆王孙·蔷薇

播花春子欲回宫。随意抛撒仙荔^①种。飘入庄里无影踪。一阵风,十里长篱满墙红。

【注释】:

荔:古谓一种香草,春子所携香草,自是仙草。

64. 调笑令·鸟

　　樱桃,樱桃,樱桃枝头红老。美人轻颤眉梢,得意啄红小鸟。鸟小,鸟小,老板不曾看到。

65. 祝英台近·暮春

　　绿荫浓，红渐去，风老木条翳。静夜悲巽，林鸟惊晨翌[1]。荣华又自飘去，迎风伫立，燕子楼、翮思翔逸[2]。

　　子不试[3]。多能应匪天功，奈何凤不至。犹自唏嘘，匹夫不夺志。可怜庄首齐墩，细黄层烟，却不解、主人心意。

【注释】：

①静夜句：晋陶渊明《丙辰岁八月中于下苏田舍获》："悲风爱静夜，林鸟喜晨开。"

②燕子楼、翮思翔逸：晋陶渊明有诗："猛志逸四海，骞翮思远翥。"

③子不试：《论语·子罕篇第九》："吾不试，故艺。""吾少也贱，故多能鄙事。君子多乎哉？不多也。""凤鸟不至，河不出图，吾已矣夫。"

66. 西江月·杜鹃

　　绿雾柔风新枝，苍鬓翚背老兄。庄头烂漫映山红。浊泪清泉汹涌。

　　白沙滩上顽童，新安江[1]里蛟龙。少年细笔杜鹃同[2]。如屏山城掀动[3]。

【注释】：

①新安江：唐李白《清溪行》："清溪清我心，水色异诸水。借问新安江，见底何如此？人行明镜中，鸟度屏风里。向晚猩猩啼，空悲远游子。"

②少年细笔杜鹃同：唐冯贽《云仙杂记》卷十："李太白少梦笔头生花，后天才赡逸，名闻天下。"

③如屏山城掀动：唐刘禹锡《赏牡丹》诗："唯有牡丹真国色，花开时节动京城。"

67. 清平乐·晚春雨

　　枝浓叶郁，触目青烟树。又是一年春好处[1]，急雨飞来如注。

瑶池②此去绵延，为难寒暑红颜。一番清洗云栈③，玉人且待明年。

【注释】：

①又是一年春好处：唐韩愈《早春呈水部张十八员外》："天街小雨润如酥，草色遥看近却无。最是一年春好处，绝胜烟柳满皇都。"

②瑶池：传说中西王母所居住的地方，位于昆仑山上。《山海经校注》："西王母虽以昆仑为宫，亦自有离宫别窟，游息之处，不专住一山也。"《列子》："穆王肆意远游，命驾八骏之乘驰驱。遂宾于西王母，觞于瑶池之上。"

③云栈：唐王建《送李评事使蜀》诗："转江云栈细，近驿板桥新。"

68. 巫山一段云·安泰食府

西母瑶池①浅，唐王光禄②严。金杯玉盏水晶盘，玉郎曲③缠绵。
赵郡④红腴软，淮南⑤豆腐鲜。珍馐琼液果蔬篮，食府日日筵。

【注释】：

①西母瑶池：传说西王母经常在瑶池宴请群仙。

②光禄：光禄寺，官署名，掌宫廷宿卫及侍从，北齐以后掌膳食帐幕，唐以后始专司膳。

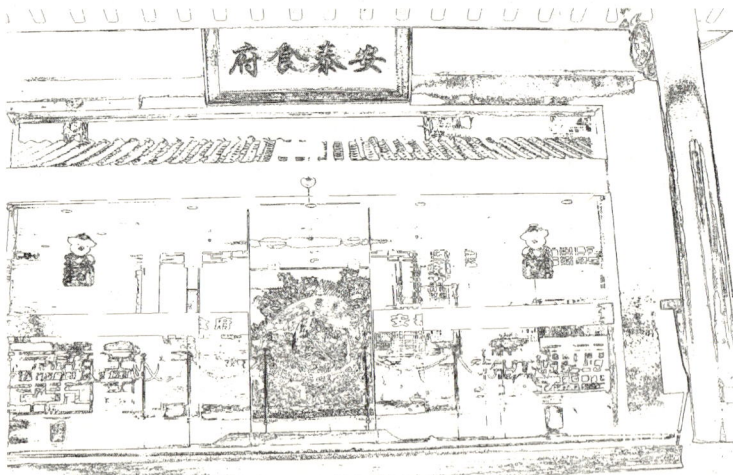

③玉郎曲：《玉蝴蝶·清明》有"年年绿桃叶，玉郎何处歇"句。

④赵郡：苏轼，字子瞻，号东坡居士，眉州眉山（今属四川）人，北宋时期著名的大文学家。他不但对诗文、书法造诣很深，而且堪称我国古代美食家，对烹调菜肴亦很有研究，尤其擅长制作红烧肉。苏轼祖籍赵郡栾城，常自称"赵郡苏轼"。

⑤淮南：刘安，汉淮南王，好道，炼丹时发现豆腐制法。之后，豆腐技法传入民间。

69. 三字令·初夏

天欲静，晚风匀。云渐重，水波粼。山墨远，日红近。彩霞新，朱鼍聚，鸟归林①。

楼上曲，醉红云。玉人吟，暖风醺。梅满树②，泪沾襟。鬓毛衰③，颜面损，误琴音④。

【注释】：

①鸟归林：晋陶渊明《归田园居》："羁鸟恋旧林，池鱼思故渊。"清曹雪芹《红楼梦》："食尽鸟归林。"

②梅满树：宋黄庭坚《蓦山溪》："寻花载酒，肯落谁人后。只恐远归来，绿成阴，青梅如豆。"

③鬓毛衰：宋陆游《剑南诗稿》："塞上长城空自许，镜中衰鬓已先斑。"

④误琴音：唐李端有诗云："鸣筝金粟柱，素手玉房前。欲得周郎顾，时时误抚弦。"

70. 一丛花·端午

天低云厚川流寒。甜粽寄心酸。龙舟正引愁思乱，沧浪水①、清醒浊谵②。魂兮归来，四方贼害③，往恐自危难。

玉台已洗迎君还。华容④舞姿⑤繁。高堂邃宇⑥临香榭，又排满、金杯玉盏⑦。心烦虑乱⑧，不如与我，醉面数朱栏。

【释义】:

为西川地震灾民作。

【注释】:

①屈原《渔父》:"沧浪之水清兮,可以濯吾缨;沧浪之水浊兮,可以濯吾足。"

②清醒浊谵:谵(zhān),多言。屈原《渔父》:"举世皆浊我独清,众人皆醉我独醒,是以见放。"

③魂兮归来,四方贼害:屈原《招魂》:"魂兮归来!反故居些。天地四方,多贼奸些。"

④华容:屈原《招魂》:"兰膏明烛,华容备些。二八侍宿,射递代些。九侯淑女,多迅众些。"

⑤舞姿:屈原《招魂》:"长发曼鬋,艳陆离些。二八齐容,起郑舞些。"

⑥高堂邃宇:邃(suì),深远之意。出自屈原《招魂》:"高堂邃宇,槛层轩些。层台累榭,临高山些。网户朱缀,刻方连些。冬有突厦,夏室寒些。"

⑦金杯玉盏:出自屈原《招魂》:"瑶浆蜜勺,实羽觞些。挫糟冻饮,酎清凉些。华酌既陈,有琼浆些。"

⑧心烦虑乱:出自屈原《卜居》:"心烦虑乱,不知所从。"

71. 兰陵王·雷雨

　　乱云滚,捎起烟浑雨沌。低篁管,吹柳丝横,青浪层层欲奔遁。金蛇火鼍愠。雷辊①,天犁云垦。禺山②魂,振鳞③横游,苕水④浊波恁多忿!

　　闲庭雨声紧,又奏满庭芳⑤,万众同韵。防风硬骨专车⑥凛。得意马蹄骤,繁花欲尽⑦。晨光依旧令人奋。五洋北斗⑧饮。

　　泪混,似无尽。曲罢玉台静,何时信聘?直钩入水子牙进⑨。奏牍三千片⑩,待侏儒问⑪。苍发尘面,万杆斩,泪襟溅。

【注释】:

①雷辊:宋苏轼《古缠头曲》:"转关濩索动有神,雷辊空堂战窗牖。"

②禺山:即封山。唐《元和郡县志》云,封山在(武康)县东十八里;《家语》云,封禺之山,防风氏国也。

③振鳞:《太平广记·水族三》:"尧命夏鲧治水,九载无绩。鲧自沉于羽渊,化为玄鱼。时植仙振鳞横游渊上,见者谓为河精,羽渊与河海通源也。"

④苕水:东苕溪,全长158.36公里,发源于临安天目山南麓,途径临安、余杭、德清,过湖州入太湖,是浙江省八大水系之一。宋苏轼《泛舟城南会者五人》:"试选苕溪最深处,仍呼我辈不羁人。"

⑤满庭芳:丁亥(2007年)夏,作者于《安泰之夜》上演唱《满庭芳·晨》,引起轰动。

⑥防风硬骨专车:《国语·鲁语下》:"昔禹致群神于会稽之山,防风氏后至,禹杀而戮之,其骨节专车。此为大矣。"

⑦得意马蹄骤,繁花欲尽:唐孟郊《登科后》:"昔日龌龊不足夸,今朝放荡思无涯。春风得意马蹄疾,一日看尽长安花。"

⑧北斗:北斗七星,属大熊星座的一部分,状似斗勺,故名。此欲以北斗作勺,痛饮五洋。

⑨直钩入水子牙进:《武王伐纣平话》卷下:"姜尚因命守时,立钩钓渭水之鱼,不用香饵之食,离水面三尺,尚自言曰:'负命者上钩来!'文王访而得之。"

⑩奏牍三千片:《史记·滑稽列传》:"朔(东方朔)初入长安,至公车上书,凡用三千奏牍。"

⑪待侏儒问：传言东方朔初任,官微俸薄,贻笑汉武帝宠幸弄臣侏儒。恰遇武帝,见侏儒号泣,问。……朔申言:"侏儒饱欲死,臣朔饥欲死。"武帝大笑,赐予待诏金马门。

72. 离亭燕·赠老孙①

又是月光如雪,楼外墨嶂层叠。当时涨沙流浙北,一日晋陵②于越③。安泰铁流急,畅吟四句口诀。

燕子楼前燕掠,桃花庄头蝉咽。巢中幼雏啼声切,万里送君须别。从此频遮颜,怕见飞来蝴蝶④。

【注释】:
①同事老孙辞职回乡,不舍,赠之。
②晋陵:常州古称晋陵,晋时处长江口,当时涨沙成陆,拓地千里。《晋书·郭璞传》:"璞以母忧去职,卜葬地于暨阳,去水百步许。人以近水为言,璞曰:'当即为陆矣。'其后沙涨,去墓数十里皆为桑田。"
③越:杭州古时为越国属地,称于越。《越绝书》载:"越之先君无余,乃禹之世,别封于越,以守禹冢。无余初封大越,都秦余望南,千有余岁而至勾践。"
④老孙有绰号"花蝴蝶"。

73. 少年游·风流亭

樱飘白雪,鲤驰红鬣,枝翠啼黄莺。玉树临风,花枝乘兴,虹上行娉婷。

风华茂,岁月流金,豪气欲云平①。叩节石栏,望穿野岭,长伫风流亭。

【注释】：

①云平：出自宋吴文英《灵岩陪庚幕诸公游》："问苍天无语,华发奈山青。水涵空、阑干高处,送乱鸦斜日落渔汀。连呼酒,上琴台去,秋与云平。"《吕氏春秋·本味篇》："伯牙鼓琴,钟子期听之,方鼓琴而志在泰山,钟子期曰：'善哉乎鼓琴！巍巍乎若泰山。'少时而志在流水。钟子期曰：'善哉鼓琴,洋洋乎若流水。'钟子期死,伯牙摔琴绝弦,终身不复鼓琴,以为世无足复为鼓琴者。"

74. 鹧鸪天·记功碑

谁引西溪①入梦中？曾经清澈祝安隆。怒发精卫②填闽水,悲遣伍员③踏吴宫。

多少事,欠从容。珠江不许换华东④。如今且树青铜柱,留与文王比武功⑤。

【注释】：

①西溪：杭州市区西部,曾在此成立杭州安隆制衣有限公司,以合安康隆盛之意。

②精卫：《山海经·北山经》："发鸠之山,其上多柘木。有鸟焉,其状如乌,文首、白喙、赤足,名曰精卫,其鸣自佼。是炎帝之小女名曰女娃,女娃游于东海,溺而不返,故为精卫,常衔西山之木石,以堙于东海。漳水出焉,东流注于河。"此借喻晋江之被骗受巨损。

③伍员：伍子胥(？—前484年),名员,字子胥,封于申地,故又称申胥。春秋时期楚国人,吴国大夫。其含冤弃楚,率吴攻楚,得报家仇,后又蒙冤越国,悬吴东门。其人故事千古流传,此借喻苏州中院之奇辱。

45

④珠江不许换华东：当年由于作者的单纯，曾在珠江畔经历了很多伤心事。

⑤留与文王比武功：据《封神演义》故事，周文王在渭水之滨得姜子牙，后姜助文王之子周武王灭商，发封神榜。

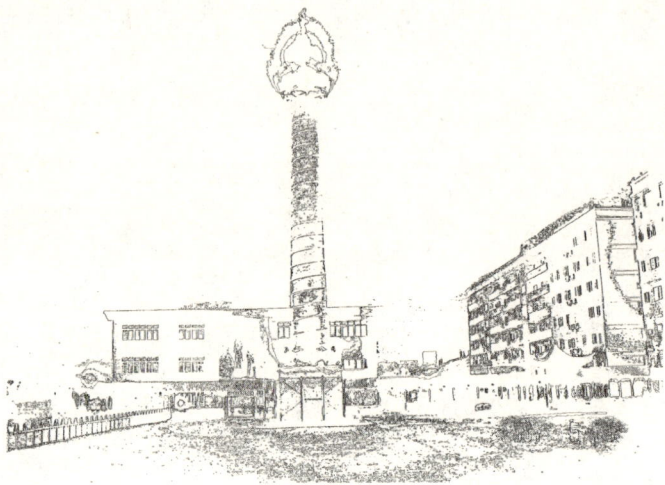

75. 苏幕遮·夏日

碧天灼，白日烁。千里炎毒①，燎淡层烟墨。热浪喧嚣接地火②。虫雀低飞，木草衰荣迫。

绿崩析，红涨破③。感旧熙宁④，百遍沉思着。烈焰灸心何是躲？乙巳深秋，鸟儿听数落⑤。

【注释】：

①炎毒：即炎热。出自宋苏轼《寄周安孺茶》："况此夏日长，人间正炎毒。"

②地火：鲁迅《野草·题辞》："地火在地下运行，奔突；熔岩一旦喷出，将烧尽一切野草，以及乔木。"

③绿崩析，红涨破：戊子年自然灾害，堕毁红绿山河。世界经济灾难频仍，红升绿跌一片混乱。

④感旧熙宁：《晋书·华廙传》："帝后又登陵云台，望见廙苜蓿园，阡陌甚整，依然感旧。"此谓感叹一千年前的熙宁变法走错了方向，纵百遍沉思，终是

徒然。

⑤鸟儿听数落：乙巳年秋，毛泽东作《念奴娇·鸟儿问答》。

76. 人月圆·青蛙王子

伤心总用青衣裹，寂寞锁乌蟾①。秦台奏曲②，临邛市酒③，为有婵娟。

人生苦短，佳音难续，终是因缘。玉台琼阁，银波朱榭，牵挂人间。

【注释】：

①乌蟾：神话传说日中有三足乌，月中有蟾蜍。借指日月、时光。宋梅尧臣《和岁除日》："已惊颜貌徐徐改，不奈乌蟾冉冉驰。"此喻院内雕塑青蛙王子一青衣裹身，于寂寞中仰望月中与他一样寂寞的乌蟾而已。

②秦台奏曲：与"玉箫"、"箫史"、"吹箫"同典。相传春秋时，秦穆公为爱女弄玉筑秦台，箫史教弄玉吹箫，引来凤凰倾听，并伴乐声飞舞。

③临邛市酒：相传司马相如以一曲《凤求凰》征得卓文君倾心，两人私奔。因贫返临邛卖酒，卓父被迫分家财给相如夫妇。

77. 点绛唇·龟鹤

仙都稚川①，葛仙②云畔空望断。鹤遥龟远③，花果弥庄漫。
阆苑④琼楼，燕子集雕槛⑤。樱护岸，赤鲤围满，王子同为伴。

【注释】：

①仙都稚川：唐张读《宣室志》卷一："僧契虚入商山，遇榉子，同游山顶，见有城邑宫阙，玑玉交映于云霞之外。榉子指语：'此仙都稚川也。'"

②葛仙：葛洪(284—364年)，东晋道教学者、著名炼丹家、医药学家，字稚川，自号抱朴子。

③鹤遥龟远：《抱朴子·对俗》："知龟鹤之遐寿，故效其道引以增年。"

④阆苑：阆风之苑，传说中仙人的住处。唐王勃《梓州郪县灵瑞寺浮图碑》："玉楼星峙，稽阆苑之全模；金阙霞飞，得瀛洲之故事。"此处指桃花庄如仙境。

⑤雕槛：燕子楼及长廊雕梁画栋，煞是好看。

78. 薄幸·猎人[①]

风清云浅,更涣涣、银波漫漫。乍惊散、鲦鲇鲂颡[②],搅得水沸波泛。又惹起、鸬鸥鹅鹳,飞翻羽肉[③]如麻乱。俏语且收歇,红绸莫展,坐看三郎手段。

描过了、唇眉眼,披戴上、桂枝菡萏[④]。柏舟湖中泛,流苹流荇[⑤],采撷香蜜金斛满。醉颊红面。归趋郎身畔,听闻苇后嘈嚣乱。娥眉凝笑,却是阿黄吠唤。

【注释】:

①薄幸·猎人:桃花庄安泰食府有镶嵌画《猎人》,题之。

②鲦鲇鲂颡:鲦,音(tiáo),一种淡水鱼。鲇,音(nián),鱼名。鲂,音(fáng),即鳊鱼。颡,音(sǎng),黄颡鱼。

③飞翻羽肉:《汉书·中山靖王刘胜传》:"众口铄金,积毁销骨,丛轻折轴,羽翻飞肉。"

④菡萏:音(hàn dàn),荷花的别称。

⑤流苹流荇:苹,四叶草。《诗经·国风·召南·采苹》:"于以采苹?南涧之滨。于以采藻?于彼行潦。"荇,音(xìng),《诗经·国风·周南·关雎》:"参差荇菜,左右流之。窈窕淑女,寤寐求之。"

79. 鹊桥仙·七夕

深沉雕阑,轻浮云蔼,浩瀚鹊桥细看。仙风[①]玉骨[②]为情来,却道是、谁听弦断[③]?

燕子楼空,玉郎曲幻,正当眼迷心乱。缘薄情浅[④]不堪磨,信只有、星移物换[⑤]。

【注释】:

①仙风:神仙的风致,形容人的潇洒。明伍余福《苹野纂闻·尹鬐头》:"见者以其童颜鹤髪,有仙风,争延致之。"

②玉骨：清瘦秀丽的身架，多形容女子的体态。唐李商隐《偶成转韵七十二句赠四同舍》："天官补吏府中趋，玉骨瘦来无一把。"

③谁听弦断：出自宋岳飞《小重山》："白首为功名。旧山松竹老，阻归程。欲将心事付瑶琴。知音少，弦断有谁听？"

④缘薄情浅：清纳兰性德《鹊桥仙》："伊缘薄，是侬情浅，难道多磨更好。不成寒漏也相催，索性尽、荒鸡唱了。"

⑤星移物换：唐王勃《秋日登洪府滕王阁饯别诗》："闲云潭影日悠悠，物换星移几度秋。"

80. 忆秦娥·中秋

　　清秋夜。斑驳蟾影①银光泻。银光泻。窸窣秋叶，蛩鸣凄切。

　　桂枝似墨鬓如雪。风轻香重吟声怯。吟声怯。多愁多感，不干风月②。

【注释】：

①蟾影：古说月亮中有金蟾，月亮中的斑影就是蟾的影子。

②多愁多感，不干风月：宋贺铸《柳梢青》："子规啼血。可怜又是，春归时节。满院东风，海棠铺绣，梨花飞雪。　　丁香露泣残枝，算未比、愁肠寸结。自是休文，多情多感，不干风月。"

81. 西江月·中秋①

　　镜水银帘摇曳，馨风桂雨侵阶。烛光萤火雁行斜，燕子楼头清月。

　　鄂渚②渡舟已远，婵娟③依旧无邪。婆娑孤影莫空嗟，千里蟾轮皓皓。

【注释】：

①西江月·中秋：癸亥年中秋，数十同学共鄂州西山赏月，通宵达旦，尽兴而归。

②鄂渚：据说湖北武昌黄鹤山上游三百步长江中名鄂渚。隋置鄂州，即因渚得名。世称鄂州为鄂渚。洪兴祖《楚辞补注》："楚子熊渠，封中子红于鄂。"鄂

州，武昌县地是也。隋以鄂渚为名。

③婵娟：这里指女同学，当时个个清丽无邪。宋苏轼《水调歌头》："人有悲欢离合，月有阴晴圆缺，此事古难全。但愿人长久，千里共婵娟。"

82. 忆少年·中秋

冰轮凝雪，星迷重榭，逐香黄叶①。金风无深浅，画梁伤离别③。

总是秋风催日月。听依稀、村鸡啼切④。卢郎⑤应笑我，误了红颜约。

【注释】:

①黄叶：唐戎昱《宿湘江》："九月湘江水漫流，沙边唯览月华秋。金风浦上吹黄叶，一夜纷纷满客舟。"

③画梁伤离别：此句化自唐温庭筠《酒泉子》："罗带惹香。犹系别时红豆。泪痕新，金缕旧。断离肠。　一双娇燕语雕梁。还是去年时节。绿荫浓，芳草歇。柳花狂。"

④村鸡啼切：《晋书·祖逖传》："中夜闻荒鸡鸣，蹴琨觉，曰：'此非恶声也。'因起舞。"后以闻鸡起舞比喻有志之士及时奋发自励。

⑤卢郎：传说唐时有卢家子弟，为校书郎时年已老，因晚娶而遭妻怨。宋钱易《南部新书》记载：卢家有子弟，年已暮犹为校书郎，晚娶崔氏女，崔有词翰，结褵之后，微有慊色。卢因请诗以述怀为戏。崔立成诗曰："不怨卢郎年纪大，不怨卢郎官职卑，自恨妾身生较晚，不见卢郎年少时。"

83. 浪淘沙·深秋

绵雨裹西风。吹落秋容。愁风怨雨漫空蒙。霜叶倦飞丝绪驻，不随雁鸿。

举目淡烟丛。充耳寒冬①。诸侯无措乱哄哄。若得士安②重出手，酒满飞觥③。

【注释】:

①寒冬：世界金融危机，人们惊慌失措，世上一片过冬理论。有人趁机兜售

其奸。

　　②士安：刘晏，字士安，唐代宗、德宗朝名臣，安史之乱后主持全国经济改革，因势利导，革旧履新，使全国经济在很短时间内恢复。

　　③觥：古代酒器，腹椭圆，上有提梁，底有圈足，兽头形盖，亦有整个酒器作兽形的，并附有小勺。此为举杯庆祝之意。

84. 十六字令·寒

　　寒。地闭天凝冻白幡。湘湖底，钟馗怒颜燃。

85. 十六字令·寒

　　寒。肆虐西风处处蛮。登临望，触景泪潸然。

86. 十六字令·寒

　　寒。虚拟崩塌实体关。全球乱，处处在喊冤。

87. 十六字令·寒

寒。人黯马乏旗不翻。心襟乱,青鸟几时还?

88. 醉太平·雾

沉烟①浸潭②,浓风冻岚③,云凄雾冷萧然,断魂菊欲残。
萧条漫延,危机祸愆,目及失魄④蹒跚⑤,泪飞情不堪。

【注释】:

①沉烟:烟霭凝重。

②浸潭:浸渍,沾润。

③冻岚:指山林中寒凉的雾气。唐曹唐《奉送严大夫再领容府》诗之一:"海风卷树冻岚消,忧国宁辞岭外遥!"

④失魄:犹失魂。晋葛洪《抱朴子·行品》:"望尘奔北,闻敌失魄。"

⑤蹒跚：行步摇晃跌撞貌。宋陆游《饥寒行》："老翁垂八十，扪壁行蹒跚。"此以说危机给人们带来的痛苦。

89. 风入松·落叶

秋风起兮云飞扬，一路雁声昂。满庭萧飒听烟树，照斜阳、霜叶金黄。桂子深深凝露，华鳞①恋恋波光。

兰台曾作啸声长，万蕊竞芬芳。狂飙吹乱庄前景，丝丝柳、寸寸柔肠。惆怅流年跌宕②，盼春重扮仙乡。

【注释】：

①华鳞：锦鲤。

②流年跌宕：过往数年全球社会风云起伏，世事多变，国内民生亦顿挫波折。

90. 雨霖铃·冬至

恹恹疏雪。著浓林黯，墨嶂残缺。浮云默默飘去，迷庄子蝶①，愁肠千结②。欲学兰台③快意，被寒风残虐。泪眼望、辽阔南天，万户烟村忽明灭。

匹夫④多事听骚屑⑤，叹唏嘘、漫漫缁帷⑥夜。流风冽冽无绝，喧闹甚、无关礼乐⑦。救市遑遑，惟见、翻云覆雨升跌。纵救得、冬日秋发⑧，不似桃源悦。

【注释】：

①庄子蝶：庄子梦中感觉自己变成了蝴蝶，醒来感叹道："不知周之梦为蝴蝶与？蝴蝶之梦为周与？周与蝴蝶，则必有分也，此谓物化！"此以喻作者自忧自扰，失却自我。

②愁肠千结：肠绕成了一千个结，形容焦躁、痛苦、忧伤之极的心绪。

③兰台：战国宋玉有兰台公子之誉。从楚襄王游于兰台之宫，有风飒然而至，王乃披襟而当之，曰："快哉此风！寡人所与庶人共者邪？"宋玉作《风赋》讽之。

④匹夫：古代指平民中的男子，亦泛指平民百姓。孔子说"三军可夺帅也，

54

匹夫不可夺志也",平民也。

⑤骚屑：风声，此引喻所谓并不关己的小事。

⑥缁帷：《庄子·渔父》说，孔子游乎缁帷之林，教弟子读书，被路过的老渔夫讥讽："苦心劳形以危其真。鸣呼，远哉其分于道也!"在此则感叹孔子之道为人曲解，不行于世。

⑦礼乐：孔子之道，仁、义、礼、智、信也，孔子说："人而不仁如礼何？人而不仁如乐何?"(《论语·八佾》)如今之人喧嚣于市井，博弈于名利，全不以仁义为念，嚣嚣然只关心经济危机，然信仰危机是更严重的危机!

⑧冬日秋发：种花人谓花木秋冬季反季节开花为"秋发"。

91. 八六子·圣诞

梵蒂冈①，圣灵灯火，遥遥四射辉光。望受难耶稣恬静，祈福圣母慈祥，黯然恻伤。

人携原罪彷徨，圣子替人蒙难，人伦正道张扬。②善颂祷、和平爱心平等③，赞扬七爱④，摒绝七罪⑤，天堂⑥处处通衢大道，时时鸟语花香。叹人间，新元⑦又失向方⑧。

①梵蒂冈：天主教圣城，位于意大利罗马城内。

②《圣经》说，人有原罪，耶稣代人受难，希望人们皈依上帝，洗脱人们的罪孽。

③和平、爱心、平等是天主教的基本教义。

④七爱：天主教列出了七种德行：谦卑、温纯、善施、贞洁、适度、热心及慷慨。

⑤七罪：天主教定义的七宗罪行：骄傲、妒忌、愤怒、伤悲、贪婪、贪食及好色。

⑥天堂：基督教谓耶稣将于世界末日，审判古今全人类，分别善人恶人，善人升天堂，恶人下地狱。

⑦新元：新世纪。

⑧向方：方向。

92. 忆故人·圣诞

耀眼流星，亮夜空，伯利恒①、马槽②旧。人间原罪一身赎③，十字残斑锈④。

神圣摩西十咎⑤，戒贪婪杀淫陷构。审判之日，罪孽火灸，义人得佑。

【注释】:

①伯利恒：基督教圣地，传说耶稣生于此。

②马槽：《圣经》说，生母玛丽亚圣洁怀孕，在伯利恒生下耶稣，用布包裹后，放于马槽里。

③《圣经》说，人类的始祖亚当和夏娃在伊甸园中，因受了蛇的诱惑，违背上帝命令，吃了禁果，这一罪过成了整个人类的原始罪过，故名。基督教并认为此罪一直传至所有后代，为此需要基督的救赎。

④《圣经》说，耶稣为人类赎罪，被钉死在十字架上。

⑤《圣经》说，犹太人不甘受埃及人奴役，在摩西带领下逃了出来。摩西带领他的族人在西奈山下祈祷，上帝交给摩西两块石版，上写他对以色列人的十条诫命：钦崇一天主，在万有之上；毋呼天主圣名，以发虚誓；守安息圣日；孝敬父母；毋杀人；毋行邪淫；毋偷盗；毋妄证；毋占他人妻；毋贪他人财物。

56

93. 醉花间·元旦

新相问,旧相问,相祝新年顺。歌舞漫欢欣,炮仗声声恨。
流年多耗损,政令风雷迅。来年不折腾[1],黎众[2]得滋润。

【注释】:
[1] 不折腾:2009 年元旦,国家主席胡锦涛在新年祝辞中呼吁不折腾。
[2] 黎众:黎民、黎庶、人民。《尔雅》:"黎,众也。"

94. 述衷情·腊八粥

霜枫吹净雁无踪,又是一年冬。纷纷南北归路[1],更觉市情凶[2]。
香炼蜜,馥仁粳,煮粥浓。苍天皇土,不再折腾,世道融融[3]。

【注释】:
[1] 南北归路:2008 年经济危机,失业加剧,"过冬理论"甚嚣尘上,农村打工
者纷纷南北奔走,回家过冬。

②市情凶：经济危机也。

③不再折腾：主席号召不折腾，全民欢呼。

95. 摸鱼儿·寒冬

乍寒临、草莽新白，冰封河碎漪细。倦枝寒肃撑寥落，无奈噏然风起。惊雀羽。更深蔽、水中鳞鬣无踪迹。萧杀万里。任黯幕张狂，乱云浮浪，枯叶舞风去。

烟波处，少伯曾携艳侣，功名身后轻弃①。晶花闪耀凌波度，倜傥柔情盈溢。风又疾。旧山水、遮拦泪目空流忆。千金如戏。念绿满曹州②，红弥吴越③，心事一朝毕。

【注释】：

①少伯：即范蠡，字少伯，春秋楚人，与文种同事越王勾践二十余年，苦身戮力，卒以灭吴，尊为上将军。蠡认为有功于越王，难以久居，而且深知勾践为人，可与共患难，难与同安乐，遂与西施一起泛身齐国，变姓名为鸱(chī)夷子皮。至陶，操计然之术以治产，因成巨富，自号陶朱公。因为经商有道，逐成巨富，民间有尊陶朱公为财神。

②曹州：菏泽地区古称曹州。作者在此再建桃花庄。

③吴越：江浙古为吴越之地。作者在此建有桃花庄。

96. 绮罗香·腊梅

镜水已凝，层林尽褪，欲雪昊天如幔。朱榭琼廊，雀羽纵情啼啭。放黄蕊、占满枝头，散香韵、霏弥空院。傲寒风、冻岚阑珊，远山漠漠雪痕淡。

霜丝残萼更显，魂向长安①遥度，腊芯②冰鉴。春信隆隆，片片玉英投荐。上环宇、万物扶疏③。下神县④、百黎舒展。危机消、海啸平缓，共与陶潜⑤叹。

58

【注释】:

①长安：借指京城。

②腊芯：腊梅之芯。腊芯与冰雪共鉴。

③扶疏：亦作"扶踈"。枝叶繁茂分披貌。《吕氏春秋·任地》："树肥无使扶疏，树境不欲专生而族居。肥而扶疏则多粃，境而专居则多死。"

④神县：中国的别称，犹神州。《文选》李善注："邹衍曰：'中国名赤县神州。赤县神州内自有九州，禹之所叙九州是也。'"

⑤陶潜：陶渊明，东晋著名诗人。

97. 阮郎归·除夕

爆竹声里一岁除，桃庄尽畅舒。递杯推盏共声呼，来年齐祝福。
形势恶，市场芜，旧年多险乎。新程依旧有危途，共同展骏图。

98. 西湖·新春

春来也。翩翩鹊舞楼榭。清河一角腊梅浓，瑞香郁烈。画廊点满牡丹芽，封姨①催蕴妖冶②。

望冬去，心感切。曼遗后院残叶。排滔怒浪未稍息、美欧暴雪③。小庄坎坷又一年，扬州骑鹤④真确？

火花烨烨照永夜。爆竹联、欢乐情节。樊素小蛮⑤仙乐。满诗钩⑥美酒扫愁琼液。放灞桥长歌风雪⑦。

【注释】：

①封姨：风神。郑怀古《博异志·崔玄微》载：唐天宝年间，郑玄微月夜遇美妇人杨氏、李氏、陶氏，还有红衣少女石醋醋和封家十八姨，众人喝酒欢聚，石醋醋不小心得罪了封姨，封姨怒而离去。第二天晚上，杨、李、陶、石四人又来，诉说家苑常遭恶风凌虐，请求玄微元旦时在家苑东侧树立朱幡以免遭恶风为灾。但元旦已过，因而复请玄微在某日清晨树立朱幡，玄微慨然答应。到那天果然刮起大风，飞沙走石，拔树毁屋，而家苑中的花草树木却安然无恙。崔玄微因而明白那些美妇人都是花木精灵，封姨则是风神。

②牡丹芽在风神的催蕴下，正在孕育妖冶的花蕾。

③美欧暴雪：始于欧美的金融危机。

④扬州骑鹤：喻欲集做官、发财、成仙于一身的梦想，骑鹤即成仙。南朝宋人殷芸的《小说》："有客相从，各言所志：或愿为扬州刺史，或愿多资财，或愿骑鹤上升。其一人曰：'腰缠十万贯，骑鹤上扬州'，欲兼三者。"

⑤樊素小蛮：白居易晚年有美姬樊素和小蛮，樊素善歌，小蛮善舞。白居易为她俩写过著名的"樱桃樊素口，杨柳小蛮腰"。

⑥诗钩：钓诗钩，酒之别名，言其能激起创作的灵感，故称。宋苏轼《洞庭春色》诗："应呼钓诗钩，亦号扫愁帚。"故扫愁也为酒之别称。

⑦《北梦琐言》说，晚唐有位宰相叫郑綮（qǐng），善于作诗，当有人问"相国近有诗否"时，他回答说："诗思在灞桥风雪中驴子背上。"意思是此时此处没有诗思，只有骑着毛驴在柳絮像漫天雪花一样飘飞的灞桥上才有诗的灵感。作者愿得此景而放歌。

99. 醉太平·酒辞

天寒酒醇。颜绯语真。前途雨雪纷纷。过愁风倦云。
金杯玉樽。浅酌满斟。银花火树祈春。判风调雨匀。

100. 调笑令·串门

　　来客。来客。卷入雪花些个。吉祥如意随心。老友小朋写真。真写。真写。豪语深情倾泻。

101. 忆江南·春节

　　新春到,风细腊梅芳。燕子楼前集赤鲤,桃花庄里满朝阳。歌舞更激扬。

102. 潇湘神·初一

　　花满街。花满街。人流遄动手相携。最喜玉台歌舞处,祝福新岁与君偕。

103. 最高楼·新春志

　　新春到,寒树满黄花。收起白霜华。抚平燕子楼前水,吹红长画廊边芽。爆竹稠,烟火艳,丽人姱。

　　且慢向、水边嗟逝也[①]。且慢向、镜前寻岁月[②]。夕阳下,满红霞。举眉四海无穷路,鹏程万里[③]欲仙槎[④]。乘长风,搏巨澜,去天涯。

【注释】:

①《论语·子罕第九》:"子在川上,曰:'逝者如斯夫! 不舍昼夜。'"孔子感叹时光飞逝正如流水,日夜不止!

②唐杜牧《途中一绝》:"镜中丝发悲来惯,衣上尘痕拂渐难。惆怅江湖钓竿手,却遮西日向长安。"杜牧望镜中丝鬓悲从中来。

③唐李白《上李邕》:"大鹏一日同风起,扶摇直上九万里。"

④仙槎:神话中能来往于海上和天河之间的竹木筏。

104. 眉妩·腊梅

渐寒风清爽,酷水澄明,黄蕊报春讯。便道温馨意,寒冬去,春姑应备云锦①。玉鸾②未聘。料美蝶、犹自煽衅③。最巴望、一阵催春鼓,艳阳百花嫩。

花放年年销恨。叹去年寒苦,雨密风紧。举目山川旧,危机泛、何时重得安稳?小庄百顺。燕子楼、芳沁香润。任风起云涌,还自小心勤奋。

【注释】:
①相传,王母娘娘身边有专管织造天上五彩云锦的玉女仙姑。
②玉鸾:白色的鸾鸟。元张昱《次林叔大都事韵》:"掌上玉鸾看教舞,云中青鸟使传歌。"指报春的鸾鸟尚未出发。
③美蝶煽衅:世界经济危机。

105. 忆秦娥·元宵节

元宵节。银花火树邀明月。邀明月,粒粒元宵,意浓情切。

记功碑上烟波接。玉台琼楼欢歌乐。欢歌乐,东风催绿,牡丹新叶。

106. 高阳台·元宵节

玉白雕诗,樟红刻像,文明留住三分。正体狂书,不教英九① 烦心。圣贤多少成名事,画廊长、不够虚文。入云霄,锦绣文章,添进新闻。

芳茵翠雾花香满,又新茶萌动,老杏含熏。英落青璞,雀叩清脆石音。花铺水径红鳞戏,老龟出、似比浮沉。问渊明、酒罢餐阑,可有闲琴?

63

【注释】：

①英九：即马英九，马英九说中华传统文化只存在台湾，故有此说。

107．西江月·元宵

五彩缤纷灯火，香甜可口汤圆。自晨鸟雀闹欢天，互许新年心愿。

旧岁祸灾残虐，新年好运连连。风流台上舞翩跹，一致言行共勉。^①

【注释】：

①一致言行共勉：安泰公司文化广场上刻有"言行一致"巨幅大字。

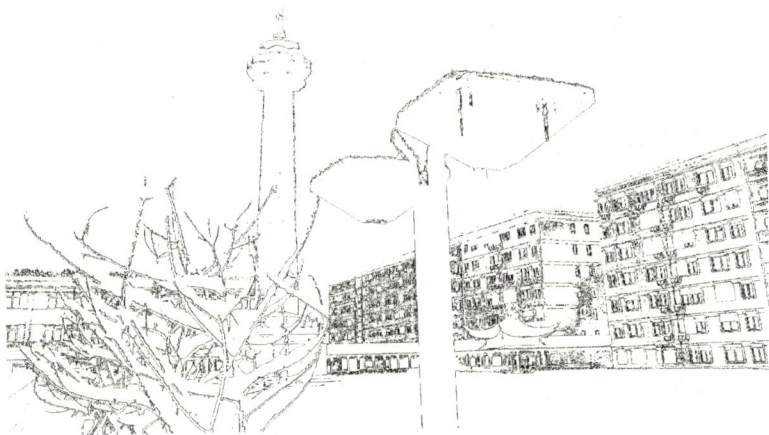

108．调笑令·情人节

玫瑰，玫瑰，四海娇颜惹醉。出门处处花童，花容蜜意惬情。情惬，情惬，遗忘七夕桥鹊。

64

109. 如梦令·二月十四日平阴寻玫瑰记

千里平阴寻梦,一路山横沟纵。忐忑面伊时,如何抑情自重。痴种,痴种,只见刺长枝空。

110. 醉妆词·日食

日急骤,月急骤,那是吞天狗①。呼急骤,吸急骤,漫道天稽诟。

【注释】:

①吞天狗:中国古代神话有吞天狗的故事,认为日食是因为天狗把太阳吞到肚子里去了。古时的人们敬畏天地,自然界一些突然的变化被认为是上天对人,特别是对统治者的警示。古人对自然的敬畏是有道理的,不能一概视为迷信。今天的人无视自然,最终受害的是人们自己,历史已经反复证明了这点,还将继续证明给人看,直到人们真正悔悟!

111. 杨柳枝·秋柳

阡陌虚浮绿色空,厌吹秋雨舞姿穷。晚来素月愁云黯,一任鸣虫祭岁终。

【释义】:
秋风秋雨中垂柳已经无精打采了。嘶哑的虫鸣祭奠冬日的到来。

112. 钗头凤·重阳

长风柳,重阳酒,雁南舸北流霞皱。烟嶂素,江声怒,乱云无际,浊流极目,渡!渡!渡!
兰亭①手,陈思斗②,玉箫③金针④弃缪首⑤。日空曝⑥,芹难入⑦,一行清泪,两鬓雪苎⑧,误!误!误!

【注释】:
①兰亭:亭名,在浙江省绍兴市西南之兰渚山上。东晋永和九年王羲之与

66

谢安等同游于此，众人曲水流觞(shāng)，作品集为《兰亭集》，王羲之并作《兰亭集序》记之。

②陈思斗：曹植，字子建，曹操第三子，封陈王，谥思，世称陈思王。宋无名氏《释常谈》："谢灵运尝曰：'天下才有一石，曹子建独占八斗，我得一斗，天下共分一斗。'"后以才高八斗喻高才。

③玉箫：与"秦台"、"箫史"、"吹箫"同典。相传春秋时，秦穆公为爱女弄玉筑秦台，让箫史教弄玉吹箫，引来凤凰倾听，并伴乐声飞舞。此以玉箫喻多才的少女。

④金针：相传古时候有个郑采娘，农历七月七日祭织女，织女送给她一根金针，从此她刺绣的技能更加精巧。此以金针喻心灵手巧的少女。

⑤弃缮首：《汉书·终军传》："初，军从济南当诣博士，步入关，关吏予军缮。军问：'以此何为？'吏曰：'为复传，还当以合符。'军曰：'大丈夫西游，终不复传还。'弃缮而去。"缮，帛边。书帛裂而分之，合为符信，作为出入关卡的凭证。"弃缮"，表示决心在关中创立事业。后因用为年少立大志之典。缮，又指各种色彩的丝帛，此喻少年不珍惜佳人所赠丝帛，一意功名。

⑥献曝：古时宋国有农夫春日晒日光浴，感觉阳光很温暖，就想把这个秘密告诉国王，以邀重赏。后来指微不足道的贡献。

⑦献芹：《列子·杨朱》："昔人有美戎菽、甘臬(xǐ)茎芹萍子者，对乡豪称之。乡豪取而尝之，蜇(zhē)于口，惨于腹，众哂(shěn)而怨之，其人大惭。"后遂以"献芹"谦言自己赠品菲薄或建议浅陋。

⑧两鬓雪苎：宋戴复古《白苎(zhù)歌》："雪为纬，玉为经。一织三涤手，织成一片冰。清如夷齐，可以为衣。陟(zhì)彼西山，于以采薇。"此谓两鬓斑白如雪。

113. 柳梢青 · 秋

冷柳寒葭，恬庄静院，苍叶绿椏。桂雨馨风，菊新鲤老，镜水红霞。

雁行一字横斜，天尽处、青鸾①欲发。说项②识韩③，山公启事④，怀刺⑤谁家？

【释义】：

己丑年底，李源潮部长和习近平副主席有关干部的选用问题作出多项指示,令人振奋,特作此词。

【注释】:

①青鸾:青鸟,神话传说中为西王母传信的神鸟。《山海经·西山经》:"又西二百二十里,曰三危之山,三青鸟居之。"后多以喻传递信息的信使。

②说项:唐杨敬之器重项斯,作《赠项斯》诗:"几度见诗诗总好,及观标格过于诗。平生不解藏人善,到处逢人说项斯。"用作推荐人才的典故。

③识韩:唐李白《与韩荆州书》:"白闻天下谈士相聚而言曰:'生不用封万户侯,但愿一识韩荆州。'何令人之景慕一至于此耶!"韩荆州,指韩朝宗,当时为荆州长史。韩朝宗任官时喜欢提拔后进,曾经推荐崔宗之、李适之、严武与蒋沆等人于朝廷,受到当时其他人的尊敬。

④山公启事:晋时山涛为吏部尚书,凡选用人才,亲作评论,然后公奏,时称"山公启事"。比喻公开选拔人才。

⑤怀刺:怀藏名片。语本《后汉书·文苑传下》:"建安初,(祢衡)来游许下。始达颖川,乃阴怀一刺,既而无所之适,至于刺字漫灭。"祢衡,字正平,平原般县(今山东临邑)人,东汉末年名士,文学家。

114. 醉落魄·篮球赛

彩旗招展,齐声喊。灵猿彪悍,旋风闯破万人关。弯弓张弦,波静娥眉颤。①

走马换将车轮战,攻城略地筑铜磐。可叹鄱阳酸伯涵②,铁马危船③,屡败屡战。

【注释】:

①上半首:宋王观词:"水是眼波横,山是眉峰聚。欲问行人去那边,眉眼盈盈处。"此指美人观战,为场上局势紧紧牵动仪容。

②伯涵:曾国藩,字伯涵。传说率湘军在鄱阳湖对太平军作战曾屡次失利,在向朝廷写奏折汇报时颇费心思。他把奏折中的"屡战屡败"改为"屡败屡战"!后竟获成功,出将入相,位极人臣,公卿旧部,遍于天下,被奉为中兴大清的第一人、立德立功立言三不朽的"古今完人"。

③危船:高大的船只。

115. 眼儿媚·女车工

才上工装簇新蓝,一角杏花淡①。如水清眸,山样蛾眉,欲语颊丹。
纤指轻拂丝帛展,银针霓线穿。机声如乐,吐气如兰②,晶莹玉山③。

【注释】:
①一角杏花淡:女员工头巾为杏花红色。
②吐气如兰:气息像兰花那样香,形容美女的呼吸。清陈裴之《汀烟小录·
闰湘居士序》:"个侬吹气如兰,奉身如玉。"
③晶莹玉山:秀鼻如玉山,轻汗晶莹。

116. 西江月·检验员

展开一簇芙蓉①,清点香瓣芳丛。雪白灯下立芳容②,心思责任深重。
细对左右尺度,翻检里外内容。火眼金睛过悟空,不误良品精工。

【注释】：

①芙蓉：我公司产品美如芙蓉花。

②立芳容：检验员亭亭玉立。

117. 好事近·刺绣

丝线万千丛，精致细心拨弄。一线一针飞纫，正花开禽动。

看层层姹紫嫣红，多情意骄纵。秦州刺史①应叹，悔襄阳星拱。

【注释】：

①秦州刺史：东晋窦滔其妻名苏蕙，字若兰。滔于苻坚时为秦州刺史，被徙流沙（襄阳），蕙因织锦为回文旋图诗以赠。其诗顺逆回环皆成文，结构巧妙而词情凄婉。事见《晋书·列女传》。《齐书》："滔镇襄阳，携宠妾往，苏织锦成回文诗三百首寄滔，后情如初。"

118. 天仙子·裁床

风展素帛银河满，云卷彩绫霞曙艳。眼前秀色且收揽，花烂漫。忍截断，裁做合欢①千百万。

【注释】：

①合欢：植物名。一名马缨花。落叶乔木，羽状复叶，小叶对生，夜间成对相合，故俗称"夜合花"。古人以之赠人，谓能去嫌合好。古又以称内衣。

119. 更漏子·实验室

红绫鲜，麂褥软①，测豹窥天修管②。丝烟漫③，晓星稀④，取量酌海蠡。

霓裳⑤妙，颜恐老，精皿征得牢靠。翮⑥翎硬，乘长风⑦，巧仪保太平。

【注释】：

①红绫鲜，麂褥软：唐时元载曾特意为宠姬薛瑶英从高句丽国购得"紫绡帐"、"却尘褥"、"龙绡衣"。

②测豹窥天修管：《汉书·东方朔传》："以管窥天，以蠡测海，以筳撞钟，岂能通其条贯，考其文理，发其音声哉。"此借喻测量仪器精巧。

③唐韦庄："满街杨柳绿丝烟，画出清明二月天。好是隔帘花树动，女郎撩乱送秋千。"

④晓星稀：黎明前的星星稀疏。宋续雪谷《长相思》："心悠悠。恨悠悠。谁

剪青山两点愁。笙寒燕子楼。　　晓星稀。暮云飞。织就回文不下楼。花飞人未归。"

⑤《霓裳羽衣曲》，简称《霓裳》，唐代宫廷乐舞。传说唐玄宗登三乡驿，望见女儿山，归而作，命杨玉环舞之。

⑥翮：音(hé)，本意指羽毛下段茎状部分，无毛中空透明或半透明。晋陶渊明："猛志逸四海，骞翮思远翥。"

⑦乘长风：唐李白《行路难》："行路难！行路难！多歧路，今安在？长风破浪会有时，直挂云帆济沧海。"

120. 山花子·模坯车间

绚丽朱栏燕子楼。参差花影绿樱丘。日日上工渡风景，鲤同游。
电脑轻描天上月①，钢刀淡写肥铝筹②。双按绿阀升玉斗，小山羞。

【注释】:

①电脑轻描天上月：电脑用曲线设计模具。
②钢刀淡写肥铝筹：CNC 设备用钢刀在厚铝板上雕模。

121. 十六字令·保洁员

咱。细扫勤擦不怕烦。尘无染,心底桃花源①。

【注释】:

①桃花源:晋陶渊明(365—427 年),著名诗人、辞赋家、散文家。一名潜,字元亮。浔阳柴桑(今江西九江西南)人。名作《桃花源记》脍炙人口。

122. 一剪梅·赛歌会

风抖红绫玉壁昭。桃至天天①,水至潇潇②。轻歌曼舞曲逍遥。燕又哓哓③,雀又交交④。

收敛秋波撒娇娆。花也飘飘,虫也悄悄。张开虎眼学龙哮。涤荡尘嚣,声入云霄。

【注释】:

①桃至天天:桃树到了含苞欲放的样子。《经诗·周南·桃天》:"桃之天

天,灼灼其华。"

②水至潚潚：北魏郦道元《水经注》云：潚者，水清深也。

③哓：音(xiāo)，恐惧。哓哓，鸟雀因恐惧而发出的鸣叫声。唐韩愈《重答张籍书》："择其可语者诲之，犹时与吾悖，其声哓哓。"

④交交：通作咬咬，鸟声也。战国楚竹书《交交鸣乌》："交交鸣乌，集于中梁。恺俤君子，若玉若英。君子相好，以自为长。恺豫是好，惟心是□。间关谋司，皆华皆英。"

123. 虞美人·包装车间

粉蝶又作门前舞,翩翩描眉①薪。小河繁鲤隐芳丛,水引红花鱼贯见从容。

青鸟②雁次投花札,万紫千红姹。玉花琼饰入香奁③,片片冰心④呈展美人前。

【注释】:

①描眉:汉班固《汉书·张敞传》:"(张)敞又为妇画眉,长安中传张京兆画眉怃。有司以奏敞,上问之,对曰:'臣闻闺房之内,夫妇之私,有过于画

眉者。'"

②青鸟：《汉武故事》："七月七日，上（汉武帝）于承华殿斋，正中，忽有一青鸟从西方来，集殿前。上问东方朔，朔曰：'此西王母欲来也。'有顷，王母至，有两青鸟如乌，侠侍王母旁。"后遂以"青鸟"为信使的代称。此处代指送货员依次往包装车间送产品。

③香奁：奁，音(lián)。古时杂置香料的匣子。亦指盛放香粉、镜子等物的匣子。宋贺铸《琴调相思引》词："赖白玉香奁供粉泽。"

④冰心：唐王昌龄《芙蓉楼送辛渐》："洛阳亲友如相问，一片冰心在玉壶。"

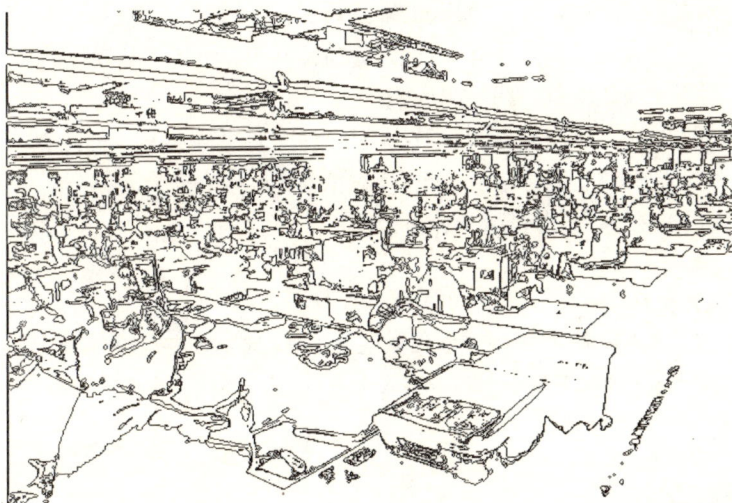

124. 柳梢青·业务员

恁是多情。明眸顾盼，巧笑盈盈①。伏案思沉，程书②看易，读透荧屏。

灵心慧齿清听，惯常事、蛮舌蜑经③。奇想天书，神机妙断，号令风行。

【注释】：

①明眸顾盼，巧笑盈盈：《诗经·卫风·硕人》："手如柔荑，肤如凝脂，领如

蠙蛴,齿如瓠犀,螓首蛾眉,巧笑倩兮！美目盼兮！"

②程书：《史记•秦始皇本纪》："天下之事无大小皆决于上,上至以衡石量书,日夜有呈,不中呈不得休息。"后以"程书"谓大量阅读处理文书。

③蛮舌蜑经：蜑,音(dàn)。蛮、蜑原指南方少数民族,旧时讥人操难懂的南方方言。此借指外国语言。

125. 贺新郎•吴佳①

西子湖边柳。似这般、赵姬身巧,小蛮腰瘦。②浓黛香云遮玉笋③,敛尽春山④情窦。更润面、凝肤玉釉。笑动缕云檀口⑤蕊,曼歌轻、花信春初透。鸿雁驻,阻云鹭。

新歌百绕云撩逗。向桃花、庄中庄外,慕煞群后⑥。玉杵捣得玄霜尽⑦,蓝驿终执素手。方寸地⑧、冰清玉秀。与子相携风中老,料守得白婆长眉寿⑨。笑汉武⑩,匪仙构。

【注释】：

①贺新郎•吴佳：2009年春,公司吴佳小姐与雷小林先生喜结良缘,贺之。

②赵姬：即赵飞燕。小蛮：白居易舞妓,白尝为诗曰："樱桃樊素口,杨柳小蛮腰。"

③香云：黑发。玉笋：玉颈。

④春山：弯眉。

⑤缕云：纤发。檀口：红唇。花信：古指成年女子的妖娆。

⑥群后：众后生。

⑦玉杵捣得玄霜尽：出自"玉杵玄霜,蓝驿执手"裴航云英仙侣事。传说裴航为唐长庆间秀才,游鄂渚,买舟还都。一次路过蓝桥驿,遇见一织麻老妪,航渴甚求饮,妪呼女子云英捧一瓯水浆饮之,甘如玉液。航见云英姿容绝世,因谓欲娶此女,妪告："昨有神仙与药一刀圭,须玉杵臼捣之。欲娶云英,须以玉杵臼为聘,为捣药百日乃可。"后裴航终于找到月宫中玉兔用的玉杵臼,娶了云英,夫妻双双入玉峰,成仙而去。

⑧方寸地：心怀。

⑨白婆：老太婆。长眉寿：老太公。

⑩汉武：汉武帝,西王母说汉武帝非仙材。

126. 天仙子·雷小林

　　磊落风神清凉峰①,秀立玉山天目松②。谢庭兰玉③坐金钟④。秦州帽,兰台风,陶柳逸翩潘花红。⑤

　　尘海迢递名利凶,毓秀钟灵⑥桃庄中。禺山⑦承载蜜情浓。案齐眉⑧,酒满盅,羡煞彩蝶没花丛。

【注释】:

①清凉峰:临安有清凉峰。

②天目松:临安天目山松姿挺拔,秀立不群。人亦如此。

③谢庭兰玉:比喻能光耀门庭的后辈。晋裴启《语林》:"谢太傅问诸子侄曰:'子弟何预人事,而政欲使其佳?'诸人莫有言者,车骑答曰:'譬如芝兰玉树,欲使生于阶庭耳。'"

④金钟:传言畲族雷氏出自金钟。

⑤秦州独狐信(侧帽)、兰台宋玉(雄风)、陶渊明(柳树)、潘安(掷花),皆美男子。

⑥毓秀钟灵:钟,凝聚,集中;毓,养育。指凝聚了天地间的灵气,孕育着优秀的人物,形容山川秀美,人才辈出。唐柳宗元《马退山茅亭记》:"盖天钟秀于是,不限于遐裔也。"

⑦禺山:德清西南有禺山,传为防风氏所封处。

⑧举案齐眉:形容夫妻互相尊敬。《后汉书·梁鸿传》:"为人赁舂,每归,妻

为具食,不敢于鸿前仰视,举案齐眉。"

127. 相见欢·开工

桃花庄里春风,暖融融。万里颠簸重汇入家中。
大块肉,大杯酒,庆开工。新岁同舟风雨度峥嵘。

128. 醉太平·打工热线①

情真意切。温馨体贴。难言烦恼郁心结。向亲人吐泻。
家乡迢递隔万叠。情势劣。事繁屑。忧怨辛酸本纤介②。易相
期理解。

【注释】:
①庆祝桃花庄与浙江之声合办的"打工热线"开播。
②纤介:细微,微小。

129. 渔家傲·油橄榄①(赠肖总)

淡雪倒柳刺天寒,轻雨厚篁②翠浸蓝③。薄雾黄芽向空窜。日日
看,春风一夜金蕊繁。
迦南④圣土伊甸园,方舟信鸽⑤冠军环。长安又迎子文⑥还。声
声盼,玉壶十亿盛自然。

【注释】:
①油橄榄:古称齐墩果,其果实出油,被公认为是世上最自然、最健康的食用油。
②篁:音(huáng),竹林,泛指竹子。屈原《楚辞·山鬼》:"余处幽篁兮,终不
见天。"指翠竹茂密。
③翠浸蓝:花蓝紫色,叶色暗绿。此指油橄榄深绿近蓝。
④迦南:齐墩果原产地。(一个古老的地区,大约今巴勒斯坦或约旦河和地
中海一带。旧约中,它被称为乐土。)"迦南美地"在两千年前,是上帝赐给人们

耕耘家园、经营梦想的应许之地,它被形容是一个流着牛奶与蜂蜜之地,充满着甜美的花香和丰硕的果实,代表着希望、欢乐、幸福与满足。

⑤方舟信鸽:圣经说,大洪水时,上帝引诺亚一家乘方舟避难,水退后,诺亚放出信鸽,衔回橄榄枝,告诉人们洪水已退尽。

⑥子文:即张骞,字子文,西汉时引进葡萄。

130. 桃源忆故人·油橄榄①

此生只合花前老。跋踬②难舒怀抱。桃晚春天情报③。菊早秋天调④。

青山踏遍情未了。鹤雁翩翩同道。醉爱齐墩延袤,为有琼汁俏。

【注释】:

①桃源忆故人·油橄榄:漫步在西班牙自己拥有的油橄榄种植园里,满目青翠,不禁心旷神怡,为此词。

②跋踬:跋,音(bá),本意指在草中行走,越山过岭。踬,音(zhì),本意指被东西绊倒。《诗经·豳风·狼跋》:"狼跋其胡,载疐其尾。"唐韩愈《昌黎集·近学解》:"然而公不见信于人,私不见助于友。跋前踬后,动辄得咎。"

③桃晚春天情报：意指桃花开时春天已盛,不似报春。

④菊早秋天调：意指秋景太过萧瑟,菊花早早开放,太不合时宜。

131. 鹧鸪天·秋意(西班牙)

一阵秋风一刈愁。满城萧瑟满城秋。平沙漠漠垂丝暗,碧涛啾啾万里鸥。

北美蝶,不停休①。全球四海汗泥牛②。今宵且注金樽满,春雨漂来洗众忧。

【注释】:

①北美蝶,不停休：1963 年,美国麻省理工学院气象学家洛伦兹提出著名的"蝴蝶效应"：一只南美亚马逊河流域热带雨林中的蝴蝶,偶尔扇动几下翅膀,可能在两周后引起美国德克萨斯一场龙卷风。此指起于美国的世界范围的经济危机尚未有消停的迹象。

②泥牛：金李纯甫《杂诗》之四："泥牛耕海底,玉犬吠云边。"此指经济萧条。

`

132. 忆秦娥·橄榄豆

橄榄豆,红深绿浅窈窕露。窈窕露,书生百探,醉迷心窦。

伊比利亚连绵薮①,莫干山下新枝秀②。新枝秀,累累硕果,客思拨逗。

【注释】:

①伊比利亚：西班牙,位于欧洲的伊比利亚半岛,作者在那里拥有大型油橄榄种植园。

②作者在桃花庄种植数百棵油橄榄树获得成功,并欲在莫干山下大面积种植油橄榄,与当地政府商量多年,终于有了眉目。

作者客居德清,然以德清为第二家乡了。

133. 满江红·西班牙

西域相逢,休要问、故乡何处。天际外、大江横卧,万山起伏。赤县一家墙万里①,神州十亿通千俗。天涯客、念念黄金台②,千金骨③。

餐风雪,饮雨露,诵日月,吟鸥鹭。拚丹心④回拽,农神⑤关顾。驾舟看全伊岛⑥水,乘鹤阅尽牛山⑦路。怕翠雾、遮断乱山中,橄榄树。

【注释】:
①墙万里:万里长城。
②黄金台:古台名,又称金台,燕台。故址在今河北省易县东南北易水南,相传战国燕昭王筑,置千金于台上,延请天下贤士,故名。
③千金骨:《战国策·燕策一》记载,燕昭王想要招揽人才,郭隗给他讲了一

81

个故事：古代一个君主悬赏千金买千里马，三年后，发现了一匹千里马，当去买的时候马已死了，就用五百金买下了马的尸骨。因此，不到一年，就买到了三匹千里马。郭隗并说：今王诚欲致士，先从隗始；隗且见事，况贤于隗者乎？后来就用"千金买骨"比喻求才的迫切。

④丹心：赤诚的心。三国魏阮籍《咏怀》诗之五一："丹心失恩泽，重德丧所宜。"

⑤农神：中国古代神话中管农事的神。

⑥伊岛：伊比利亚半岛。

⑦牛山：比利牛斯山，位于欧洲西南部，山脉东起地中海，西止于大西洋，分隔欧洲大陆与伊比利亚半岛，也是法国与西班牙的天然国界。

134. 破阵子·西班牙购橄榄园记

踏破千山万水，戡平草壑石滩。碧水蓝天指方向，梦境神农示珠幡①，是为油橄榄。

野岭荒原绿幕，岩滩石垛林烟。跑马学吟汉陵②啸，索契③飞书金谷园④，陶潜归去还？

【注释】：

①珠幡：饰珠的旗幡。南朝梁简文帝《大爱敬寺刹下铭》："珠幡转曜，宝铃韵响；闻声者入道，见形者除累。"

②汉陵：西汉和东汉的皇帝陵墓，分别在汉代故都陕西西安和河南洛阳附近。元曹伯启《如梦令》："学有探奇索妙。命有人僧鬼笑。难与老天争，寂寞汉陵周庙。权要。权要。林樾有人清啸。"

③契：契约。

④金谷园：晋石崇在洛阳城郊金谷涧中修建的园林，园中珍宝无数、美妾如云。石崇在此多次聚会文友。

135. 汉宫春·西班牙

大漠高原,正大西洋畔,石野岩山。雨稀风乱,好说午热晨寒①。长天孤鹫,九霄察、野兔肥孱。浑未觉、常年干旱,高山积雪阑珊。

可叹东风因此,便钟情橄榄,不使平凡。流些清流碧水,雪白云闲。惊心动魄,每一天、怎恁天蓝?真祈盼、东风用力,吹一片去唐山②!

【注释】:

①午热晨寒:西班牙地处伊比利亚高原,气候干燥,早晚温差大。

②唐山:华侨对祖国的习称。许地山《商人妇》:"我想你瞧我底装束像印度妇女,所以猜疑我不是唐山人。"

136. 曲玉管·西班牙

醉日飞霞,红山点翠,清风抖擞长天朔。极目高原大漠,青橄婆娑,绿阴多。垒起精石,平铺粗砾,修枝剪叶雕云朵。鹫顾狐呵,静静

83

横卧枯河,绿翻波。

暗想黄河,送黄土、年年东去,岂知鲧塞禹垦①,曾经万里森罗②。大风歌! 遣雄兵十万,捡尽秦朝铜矢,汉廷金簪,魏晋石镰,再造芳泽!

【注释】:

①鲧塞禹垦:鲧,音(gǔn),禹的父亲。大洪水时期,鲧用堵塞的办法治水,没有成功。他的儿子禹则用疏导的办法治水,获得成功。

②古时黄河流域森林蔽日,至周时,潼关以东、函谷关以西的桃树林如此浓密,竟使人很难通过,因而詹嘉奉晋侯之命在此驻扎坚守桃林之塞,即可阻断秦人的东西往来,不使秦人"结外援,东西图己",竟形成了著名的"桃林塞"。战争毁坏了黄河流域广袤的森林。

137. 诉衷情·西班牙行有感

石散,风患,枯壑乱,旱常年。心不昧,恒轨①,白云闲。欲进肺腑言,中南②。还天空湛蓝,并不难!

【注释】:

①恒轨:常法。南朝梁江淹《萧让太傅相国齐公十郡九锡第二表》:"臣以为

丽天秉经,君上之彝宪;仪地执纬,臣下之恒轨。"

②中南:中南海。

138. 昭君怨·西班牙行有感

恶水险山不怕,呵护精心入画。天道①助无邪②,定和谐!
莫把春风糟蹋,贪欲凶神恶煞。留下气一息,子孙吸!

【注释】:
①天道:犹天理,天意。《易·谦》:"谦亨,天道下济而光明。"
②无邪:谓无邪僻,无邪曲。《礼记·乐记》:"中正无邪,礼之质也。"

139. 浪淘沙·西班牙行有感

大漠高原石砾田,蓝天碧水橄榄园。非能贿得老天便,未将良心
卖细钱!

140. 伤春怨·西班牙行有感

断壑重岩怒,烈日干风交互。橄榄绿深深,大漠高原深处。
鹫翔蓝天酷,雪化清河速。万物易天然,紫禁内、何时悟?

141. 番女怨·西班牙行有感

外边尝过油橄榄,口涩心乱。碧河清,天幕湛,万难割断。捡一
枝绿色回来,盼花开。

142. 如梦令·四季歌

　　樱花扑满窗头。香风唤醒梦幽。刚才辞玩伴,慈母犹攥小手。
快瞅,快瞅。金鲤不让龟溜。
　　鸣蝉噪聒无休。广厦凉爽清幽。评比得优秀,小哥献花不走。
桥头,桥头。鱼鹰叼走泥鳅。
　　丹桂清香深厚。雨后酥梨色诱。牵手果园里,蔷薇长枝搜袖。
快走,快走。老板规矩很透。
　　冬寒雪肥枝瘦。冰底红鲤悠游。车间热气腾,人人力争上游。
阿秀,阿秀。鹊站红梅枝头。

143. 添字昭君怨·无题

　　摇首纳什约翰①,摆尾格林斯潘②。亚当斯密③灵丹,纷纷乱。
　　常思曹规萧颂④,玄龄⑤内明外宽。胸中半部论语,天下安⑥。

【注释】:
①纳什约翰:即约翰·纳什,1994 年诺贝尔经济学奖获得者,博弈论大师,

87

提出著名的"纳什均衡"，即不合作理论。

②格林斯潘：即格林·斯潘，美国联邦储备委员会前主席，任此职务长达十八年，被指责应为现今愈演愈烈的美国次贷危机负责。

③亚当斯密：亚当·斯密(1723—1790年)是18世纪英国古典政治经济学创始人之一，其代表作《国富论》被奉为现代经济学的圣经。

④曹规萧颂：萧，萧何(? —前193年)，汉初重臣，刘邦称帝后，他身居相国高位，审定律令制度，对巩固汉王朝起了重要作用。曹，曹参(? —公元前190年)，字敬伯，汉初名丞，继萧何为相，留下"萧规曹随"的千古佳话。此处意为曹参实行的规章制度是萧何所颁布的。

⑤玄龄：房乔(579—648年)，字玄龄，唐初名相，任人惟贤，法令宽平。贞观时，房玄龄多谋，杜如晦善断，合称"房谋杜断"，传为美谈。

⑥半部论语，天下安：赵普(922—992年)，字则平，北宋政治家，谋略家，号称只用半部论语治天下。

144. 青玉案·释梦

美人赠我馨香绉①。绉兰芷，缝萱绣②。草芥无忧③鲤欲酒④。樱桃新醉，嫩杏黄透⑤。风乱庄前柳⑥。

羞作旧赋⑦酬娟秀。满目红升绿跌骤⑧。又问熙宁风浪⑨久。盈眸默对，黛眉轻皱。谁短杨郎⑩寿？

【注释】：

①美人赠我馨香绉：汉张衡《四愁诗》："美人赠我锦绣段，何以报之青玉案。"竟以之成梦！绉：一种皱纹的丝织品，纱绉。

②绉兰芷，缝萱绣：兰芷、萱草，所以饰男子也。屈原《离骚》："扈江蓠与辟芷兮，纫秋兰以为佩。"

③草芥无忧：晋嵇康《养生论》："合欢蠲忿，萱草忘忧，愚智所共知也。"忘忧草也。北周庾信《小园赋》："草无忘忧之意，花无长乐之心。鸟何事而逐酒？鱼何情而听琴？"

④鲤欲酒：春天安泰桃花庄里红鲤满河。

⑤樱桃新醉，嫩杏黄透：樱桃新熟，嫩杏欲黄。

⑥风乱庄前柳：春风吹乱了庄前柳树，柳枝随风，婀娜婆娑。

⑦羞作旧赋：借唐美人李端端向崔涯索诗事也。此喻诗人笔枯思竭，形容枯槁。

⑧红升绿跌骤：戊子年初，通货膨胀高企，美元不停贬值，政府坚持经济紧缩政策，国民经济遇到前所未遇的困难。

⑨熙宁风浪：宋神宗时，王安石主持熙宁变法，前后十几年，后失败。熙宁新法几经反复，震荡社稷，撕裂社会，动摇了北宋根本。

⑩杨郎：杨炎（726—781），字公南，年轻时风流倜傥，文采斐然，风度翩翩，是著名的美男子。唐德宗时改革税制，首创两税法，简化了税制，大大减轻了人民负担，增加了政府税收。《新唐书·杨炎》有赞："赋不加敛而增入，板籍不造而得其虚实，吏不戒而奸无所取，轻重之权始归朝廷矣。"

145. 水调歌头·鸥（赠王俊）

浪涌一池碧，万鸟唤波澜①。翩翩识得，曾经屏里度青山②。闲话欧基里得，渴饮牛坞口水，踏浪紫金滩③。高唱入霄汉，梁绕④叶家湾⑤。

念去去⑥，风华淡，鬓苍颜。天涯四海漂泊，几回梦沧滩⑦。才拟乘槎飞去⑧，又恐童子相问⑨，未能锦衣还⑩。且俟波涛静，相携渡乡关。

【注释】：

①波澜：大波浪。宋范仲淹《岳阳楼记》："至若春和景明，波澜不惊。"

②屏里度青山：穿度青山中如在屏风里一样。唐李白《清溪行》："清溪清我心，水色异诸水。借问新安江，见底何如此？人行明镜中，鸟度屏风里。向晚猩猩啼，空悲远游子。"比喻眼前的鸟儿可能是从家乡新安江飞来的。

③牛坞口、紫金滩：是作者少年时留声之妙处。

④梁绕：《列子·汤问》："昔韩娥东之齐，匮粮，过雍门，鬻歌假食。既去而余音绕梁樀三日不绝。"后遂以"绕梁"形容歌声高亢回旋久久不息。

⑥念去去：出自宋柳永《雨霖铃》："念去去，千里烟波，暮霭沉沉楚天阔。多情自古伤离别。更那堪，冷落清秋节。"此借指好友劳燕分飞，天各一方，如今聚首已风华淡去。

⑤⑦叶家湾、沧滩：亦是作者少时所留声之处。

⑧才拟乘槎飞去：槎，音(chá)，树木的枝丫。传说天河与海通，有人居海渚者，年年八月见有浮槎去来，不失期，遂立飞阁于查上，乘槎浮海而至天河，遇织女、牵牛。此人问此是何处？答曰："君还至蜀郡，访严君平，则知之。"后至蜀君平曰："某年月日有客星犯牵牛宿。"正是此人到天河时。见晋张华《博物志》卷十。宋苏轼《次韵正辅同游白水山》："岂知乘槎天女侧，独倚云机看织纱。"

⑨童子相问：唐贺知章："少小离家老大回，乡音未改鬓毛衰。童子相见不相识，笑问客从何处来？"

⑩未能锦衣还：《史记·项羽本纪》："(项王)曰：'富贵不归故乡，如衣绣夜行，谁知之者！'"

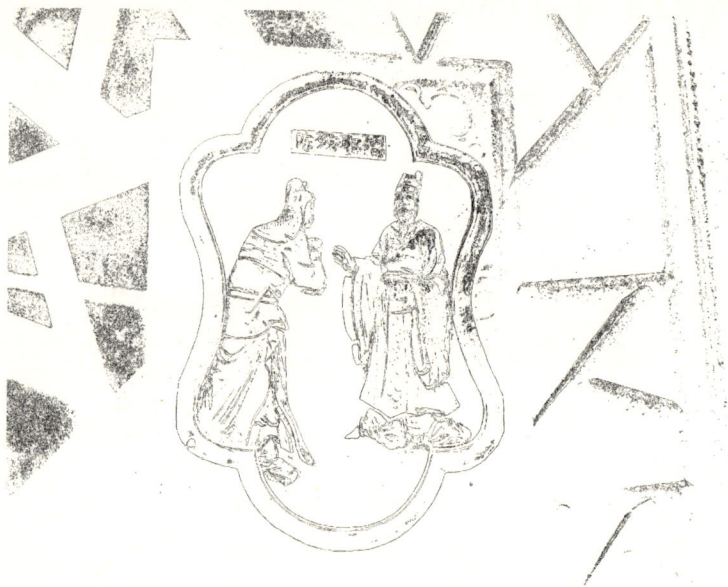

146. 清平乐·莫干山

　　游人如织，四处寻桂实①。幽篁②一片望旭台，碧泓一注③剑池④。

　　莫干山下西子，淡妆浓抹相宜⑤。桃花庄前樱枝，绿肥红瘦⑥正美。

【注释】:

①桂实:莫干山上遍植桂花,春天结实盛多。

②幽篁:莫干山下修竹遍野。

③碧泓一注:莫干山上有清流飞注。

④剑池:莫干山上有剑池,传说为春秋时干将、莫邪铸剑处。

⑤莫干山下西子,淡妆浓抹相宜:莫干山下有莫干湖。宋苏轼诗云:"水光潋滟晴方好,山色空蒙雨亦奇。欲把西湖比西子,淡妆浓抹总相宜。"此处意指莫湖如西湖一般优美。

⑥绿肥红瘦:绿叶茂盛,花渐凋谢。意指暮春时节。宋李清照《如梦令》:"知否知否,应是绿肥红瘦。"

147. 临江仙·访雷塘①

雷池秋波②哭少年,晋阳③城外孤雁。剑指南岸火铁链,陈家宫殿,当是慕红颜。④

金銮取士遗诗篇⑤,辽师百万东遣⑥。应悔南水入幽燕⑦,李唐江山,捡得三百年。

【注释】:

①雷塘:地名,在江苏扬州城北,隋唐时为风景胜地。隋炀帝死后葬于扬州雷塘,现当地有隋炀帝陵。

②雷池秋波:雷塘池水如美人秋波一样清亮。唐罗隐有诗:"入郭登桥出郭船,红楼日日柳年年。君王忍把平陈业,只博雷塘数亩田。"

③晋阳:晋王杨广少年时曾长期驻守晋阳。

④剑指向:开皇八年(588)三月,隋文帝下诏伐陈。晋王杨广率秦王杨俊、清河公杨素为行军元帅,高颎为晋王元帅长史,主持军事事务。毁锁江铁链,收服南陈。杨广有意于陈叔宝妃张丽华。张被高颎杀害,杨广遂怒于高颎。

⑤金銮取士遗诗篇:隋朝开科举取士先例。杨广才思敏捷,颇有佳作。

⑥辽师百万东遣:隋大业八年至十年,杨广曾三度兴盛师亲征其藩国高丽,却以惨败告终。

⑦南水入幽燕:公元605年,杨广下令征发江南、淮北等地百姓100余万人,开挖通济渠,同年,又征发淮南百姓10多万人,疏通春秋时期吴王夫差修的

邗沟。后又两次征发民工,开通永济渠和江南河。从此形成从江南钱塘(今杭州)直通涿郡(今北京)的大运河。

148. 浪淘沙·菏泽

把手遮东风。极目穹隆。黄尘不与柳烟融。殷切无言黄鹂哢,且满此钟。

世事苦匆匆。不许从容。去年橄榄绿枝秾。一日黄蕊满曹州①,报予陶公②。

【注释】:
①曹州:菏泽古称。
②陶公:即陶渊明。

149. 百字令·广交会

熙熙攘攘,往来为利赏①,过有易档②。鹤唳风声③纽约④港,移步蠕蠕⑤门岗。次按惶惶,绿签正伤,不敢话凄凉。⑥捷书激荡,年年报道增长。

歧路越秀山旁,蝶翅如狂⑦,姹紫嫣红香。酒肆红楼依旧涨,迷楼⑧后庭轻唱⑨。忽报昨晌,桃花春庄⑩,风骤雨疏狂⑪。牡丹恐恙,玉笛急呈穆王⑫。

【注释】:
①熙熙攘攘,往来为利赏:司马迁《史记》:"天下熙熙,皆为利来;天下攘攘,皆为利往。"

②过有易档:《山海经·大荒东经》:"王亥托于有易河伯仆牛,有易杀王亥,取仆牛。"此言商人祖先王亥贩牛有易事。

③鹤唳风声:唳,叫声。把风的响声、鹤的叫声,都当做敌人的呼喊声,疑心是追兵来了,形容惊慌失措,或自相惊扰。公元383年东晋淝水一战击败前秦,秦军溃逃时,听到风声鹤唳,都以为是东晋追兵,自相践踏而死者,蔽野塞川。

④纽约：纽约"9·11"事件，基地组织撞毁位于美国纽约的世贸中心大厦双子楼。

⑤蠕蠕：虫子蠕动状。这届广交会成备森严，门岗不易入。

⑥次按句：次贷风波使全世界经济陷入困难。美圆纸币绿色，指美圆币值狂贬不休。

⑦蝶翅如狂：印图纸片如蝶翅。

⑧迷楼：隋炀帝在扬州置迷楼。

⑨后庭轻唱：陈后主叔宝诗："丽宇芳林对高阁，新装艳质本倾城；映户凝娇乍不进，出帷含态笑相迎。妖姬脸似花含露，玉树流光照后庭；花开花落不长久，落红满地归寂中！"当时即被认为是不祥之音。后来唐杜牧有诗："商女不知亡国恨，隔江犹唱后庭花。"

⑩桃花春庄：春天里的桃花庄。

⑪风骤雨疏狂：宋李清照："昨夜雨疏风骤，浓睡不消残酒，试问卷帘人，却道海棠依旧。知否，知否，应是绿肥红瘦。"

⑫玉笛急呈穆王：周穆王时有三月豪雨不断，周穆王吹笛，雨停。

150. 相见欢·王安石

人言天变祖宗①。不足从。无奈犟牛司马②噬苗虫③。
乡校颂④。士安贡⑤。武灵弓⑥。自是雨滋露润水流东。

【注释】：

①天变祖宗：王安石，字介甫，号半山，北宋著名政治家、改革家、诗人，神宗朝主持熙宁变法，后失败。传有名言：天变不足畏，祖宗不足法，人言不足恤。

②犟牛司马：司马光，字君实，世称涑水先生，北宋著名政治家、诗人，神宗去世后应高太后诏主持元祐更化，废除王安石所有新法。苏轼力争不得，谓之司马牛。

③噬苗虫：王安石变法中争议最大的法之一是青苗法，本意是在青黄不接时由国家对农民出贷粮钱，具体实行时成为对农民盘剥最烈的法。

④乡校颂：先秦时期，国家办两类学校，一类是国学，办在京城，属于贵族学校，培养政府管理人才。一类是乡校，办在郊野，属于平民学校，培养为国家服役对象。乡校，既是学校，也是乡间公共场所，乡人可在那里聚会议事。《左传·襄公三十一年》言："子产不毁乡校。"子产，春秋时在郑国推行改革，开始遇

到很大阻力。子产注重舆论监督，不毁乡校，最终得到人民的支持和称颂。孔子说："子产，不亦仁者乎。"

⑤士安贡：刘晏，字士安，唐代宗、德宗朝名臣，安史之乱后主持全国经济改革，应势利导，革旧履新，使全国经济在很短时间内恢复。此指刘晏的贡献。

⑥武灵弓：赵武灵王，赵雍，战国时赵国君主，推行"胡服骑射"，很快使赵国成为能与秦国并驾齐驱的一时强国。此指赵武灵王的"胡服骑射"的政策。

151. 江城子·胡庆余堂①

粉霞斜阳映孤园。雪墙垣。入云岩。无欺老少②，跌宕过华年。为报中堂悬赤胆，千船险，万车寒。③

难堪红狁④诈苍颜⑤。亿箔蚕。兆斛茧。沉舟破釜，高垒义仓坛。⑥无奈圣明天子意，花落去，水沉潭。⑦

【注释】:

①胡庆余堂：胡雪岩，名光墉，号雪岩，清著名实业家，创办江南著名药房"胡庆余堂"，现址在杭州吴山脚下清河坊。

②无欺老少：胡庆余堂胡雪岩亲书"戒欺"牌匾：凡百贸易均着不得欺字，药业关系性命，尤为万不可欺。余存心济世，誓不以劣品弋取厚利，惟愿诸君心余之心，采办务真，修制务精，不至欺余以欺世人，是则造福冥冥，谓诸君之善为余谋也可，谓诸君之善自为谋亦可。

③为报句：清光绪元年（1875年），左宗棠受命组建西征军，第二年，左抬棺出征新疆。应左力请，胡雪岩受权以民间之力，助左宗棠督办新疆军务，调度军需，全力保障了左宗棠的后勤支援。1878年初，西征军全部收复新疆，取得了西征大捷。胡雪岩立下大功。慈禧太后论功赏胡黄马褂、晋一品红顶戴、封布政使衔，从而有了"红顶商人"的雅号。

④红狁：狁（yǔn），中国古代北方与西北的游牧民族，商周之际，主要活动于今陕西、甘肃北部和内蒙古自治区西部。春秋时被称作狄。自汉朝起，多以狁为匈奴先民。此处借指西洋列强。

⑤诈苍颜：清末，洋夷操纵市场，盘剥蚕农。

⑥亿箔蚕。兆斛茧。沉舟破釜，高垒义仓坛：胡雪岩调动巨额资金介入市场，欲与洋夷资本决战，打破洋夷资本在中国丝茧市场的垄断。

⑦无奈句：不意官僚资本釜底抽薪,清廷恶意查抄,胡雪岩一败涂地,最终破产。南唐李煜《浪淘沙》:"流水落花春去也,天上人间。"

152. 破阵子·游泳①

雨起千层凝幕,风驱万里奔云。鼙②鼓鼍雷天外乱,怒浪愁云扑面分。浪尖讽海神。

岁月水箭流逝,商海雷电驰骋。梦里桃庄重烂漫,姹紫嫣红分外真。菊花兀自芬。

【注释】：
①戊子年(2008年)六月底去斯里兰卡考察,在印度洋中游泳,遇狂风骇浪,有感。
②鼙：音(pí),古代军中的一种小鼓。

153. 查生子·良渚

山青水欲白,遥岸烟霞暖。玉润①阻云轻,凝面神徽②黯。
风推日月消,钺③挥辰星灿。良渚漫钱塘④,蛮越⑤犹彪悍。

【注释】:
①玉润:外饰白色大理石的良渚文化博物馆高大入云。
②凝面神徽:良渚文化器物上常有兽面神徽,凝重神秘。
③钺:良渚文化出土很多玉质钺器,为古代王权象征物。
④良渚漫钱塘:钱塘为良渚的滥觞。
⑤蛮越:钱塘江流域原被中原人认为是蛮越之地。

154. 画娥眉·河内观中秋

河内满城闹中秋。车水马龙人如鳅。腾龙舞狮斗歌喉。猛抬
头,孔明纸火①漫天流。

　　①孔明纸火：即孔明灯,相传三国时诸葛亮发明孔明灯,纸制,灯芯烧着后,热空气充满在里边,使灯向空中上升。亮字孔明,故称"孔明灯"。如今在国内已难见到,作者却在异国他乡遇到此壮观景象。

155. 山花子·越南

　　一剪秋风下越南。卧牛深浅稻香翻。湄水①应稍浙江②暖,听潺潺。

　　渐近黄楼车走慢。玉帘开处乐声欢。一阵乡音迷众眼,笑口含。③

【注释】:

　　①湄水：即湄公河,东南亚最大河流,发源于中国唐古拉山的东北坡,在中国境内叫澜沧江,流入中南半岛始称湄公河。自北向南流经缅甸、泰国、老挝、柬埔寨和越南,注入南海,总长4180公里。

　　②浙江：即钱塘江,是中国东南沿海地区主要河流之一,是浙江省的最大河流。由于河道在杭州附近曲折呈"之"形,故又名之江、曲江、浙江。上游常山港发源于安徽省休宁县大尖山岭北麓,汇江山港后东北流贯浙江省北部至澉浦,经杭州湾注入东海。全长410公里,流域面积4.2万平方公里。

　　③一阵句：桃花庄在越南开有分公司,那里有许多公司派驻的中国员工,每次相见,千言万语不知从何说起,惟有热泪盈眶。

156. 青玉案·深圳①

　　渔姑已作商人妇。旧渔网,新博物。碧海沧桑②今匪古。繁华香港,空招羡慕。感慨南巡③故。

　　新装偏引房乔妒④。方术⑤频出空万户。介甫生吞急建树⑥。皮之不存,毛将焉附。有告东翱⑦不?

【注释】:

　　①深圳：本是珠江口一个荒凉的小渔村,改革开放使它成为一个车水马龙

的大城市。那陈旧的渔网已经成了博物馆里的陈设了。

②碧海沧桑：沧海桑田，以之比深圳，则最为恰当。

③南巡：1992年春天，邓小平南巡，一路发表了诸多讲话，为深圳的发展打开了一个新局面。

④房乔：字玄龄，唐太宗时著名大臣，留有"房谋杜断"佳话。传其妻彪悍善妒。唐太宗曾赐给房玄龄美女两人，被房妻逐出，唐太宗怒，赐以毒酒，其竟一饮而尽，其实太宗所赐为食醋也。于是留下"醋坛子"说法。后人以"房乔妒"代指妒忌。

⑤方术：特定的一种学说或技艺，与道家所谓无所不包的"道术"相对。《庄子·天下》："天下之治方术者多矣，皆以其有为不可加矣。古之所谓道术者，果恶乎在？曰：'无乎不在。'"多用以指骗术。

⑥介甫：王安石，字介甫，号半山，北宋人，神宗朝主持熙宁变法，后失败。自列宁称道王安石为中国古代伟大的改革家后，人多以王安石信徒自比。

生吞：原指生硬搬用别人诗文的词句，现比喻生硬地接受或机械地搬用经验、理论等。唐刘肃《大唐新语·谐谑》："有枣强尉张怀庆，好偷名士文章，人为之谚云：'活剥王昌龄，生吞郭正一。'"

⑦东颦：即东施效颦，比喻以丑陋学美好而愈显其丑。《庄子·天运》："故西施病心而其里，其里之人见而美之，归亦捧心而其里。其里富人见之，坚闭门而不出；贫人见之，挈妻子而去之走。彼知美，而不知之所以美。"

157. 踏莎行·东莞①

天际高楼，羊肠小路，厂房栉比蜂巢簇。楼花插满莞草田②，铜华染绿虎山③雾。

换鸟腾笼，升级破釜，人如潮水回乡土。寒流滚滚雾蒙蒙，倦鸟今夜宿何处？

【注释】：

①东莞：厂房密集，堪比蜂巢。

②楼花插满莞草田：东莞原以莞草著名，在古代，东莞这个地方盛产一种叫莞草的咸水草，它只能生长在这种靠近海边、水有些咸的地方。而这种草最大的功用是编草席。当时这种草席在岭南非常盛行，这里的人不论春夏秋冬都是

一张草席铺床,铺的就是东莞的莞草了。

③虎山:东莞有大小虎山。

158. 卜算子·雷达连

轻雪迫竹寒,白水惊风冽。山路云精^①百绕缠,鹏影^②峰巅掠。
玉树^③垒边排,绿菜棚中列。战士营区练放歌,迈步从头越^④。

【注释】:

①云精:云朵。

②鹏影:巨型雷达天线。

③玉树:战士。

④迈步从头越:山势险峻,跨步如从头顶越过。

159. 诉衷情·菏泽

枯叶,尘屑,疏朗月,快驰车。音乐淡,灯黯,静华哥。梦里牡丹多,菏泽。江南春到了,叶新豁。

160. 清江曲·洞头试水①

裂岸惊涛逆水潮,削崖激水暴狂飙。壮心欲缚吞舟鱼②,扬臂浊流试浪高。

白鸥恋恋扶船去,乌云滚滚随风聚。为了子胥③不尽仇,长占潮头斗时曲④。

【注释】:

①洞头试水:己丑年十月,于洞头入海游泳,当日狂风大作,浊浪滔天,记之。

②吞舟鱼:《庄子·外物》记载,任公子特制黑绳大钩,用五十头牛做钓饵在会稽山钓鱼,每天把饵放进东海,但一年也没钓到鱼。有一次一条大鱼吞了鱼饵,顿时波浪滔天,震动千里。唐李白《赠从弟南平太守之遥》:"愿随任公子,欲钓吞舟鱼。"

③子胥:即伍员,字子胥。传说因惹怒吴王夫差被赐死,尸体被装入皮囊投入钱塘江,伍子胥遂化为钱塘江潮神,常常驱巨潮沿江而上以示冤屈。

④斗时曲:指为伍子胥鸣冤助威。

161. 柳梢青·闻金晶事迹有感

雪飘过后,巴黎街头,繁华依旧①。春约秋愁,隐约可嗅②,水晶③雨骤。

旌旗一角红透,火炬手,玉辇④清秀。不畏魔咒,英勇驱丑,忘却娇羞。

【注释】:

①雪飘句:火炬传递由伦敦到巴黎,前夜伦敦大雪。

②春约秋愁,隐约可嗅:美国的经济危机迅速扩散到世界各地,虽是春季,却满秋愁。

③水晶:指水晶之夜事件,即 1938 年 11 月 9 日夜在德国和奥地利发生的

暴力排犹事件。

④玉辇：本指天子所乘之车，以玉为饰。此处借指漂亮的轮椅。

162. 木兰花·灾

画桥雕柱重帘水。云暗天低雨鼎沸。梦惊芳苑荼毒隳①，魑魅揎苗魍魉崒。

溅珠泥泞②无能为。通肺悲苦空向对。蒸腾炉火去妖魔，得取真符拭君泪。③

【注释】：

①隳：音（huī），毁坏。

②溅珠泥泞：珍珠落于泥泞，无可奈何也。

③蒸腾句：传汉张陵得异书而后入鹤鸣山栖居潜修，深明符鲤奥义，出山后为人治病驱鬼，役狐邀神，无不应手而得。后人以咒符驱鬼。

163. 昭君怨·川西地震

地坼山崩天惨。玉碎瓦解路断。云墨井参①遮，泪银河②。
肆虐寒冰正却。平子铜蟾③又咽。西向望昆仑，祝军人。

【注释】：

①井参：即井宿、参宿。我国古代天文学家把天空中可见的星分成二十八组，叫做二十八宿，东西南北四方各七宿。井宿是南方七宿之一，参宿是西方七宿之一。这里借指四川、汉中分野。

②泪银河：银河也为之流泪。

③平子铜蟾：汉张衡，字平子，南阳人，著名文学家、科学家。阳嘉元年（公元 132 年），制造候风地动仪测地震，周围蹲八铜蟾为八方。

164. 伤春怨·映秀殇(吊救灾直升机失事)^①

耸立蜀山兀,遇难灾民无数。震子^②冲九霄,链起通天生路。
雾浓邪风酷,羽翼消融猝^③。五岳万山穆,映秀殇,千秋祝!

【注释】:

①伤春怨·映秀殇(吊救灾直升机失事):四川地震,成都军区一架救灾直升机失事,邱光华等十八位勇士牺牲,痛心作词。

②震子:雷震子,《封神演义》中人物,姬昌的第一百个儿子。小时候被云中子带上昆仑山修行,因为吃了不可思议的杏,而长出能起风发雷的一对翅膀。

③羽翼消融猝:希腊神话故事说,少年伊卡洛斯在父亲的帮助下得到一对翅膀,父亲告诫他不要飞得太高,因为翅膀是用蜡粘的,离太阳太近会化。但少年好奇心重,终于飞得太高,太阳把他的翅膀化了。这里借指邱光华等勇士飞向了太阳,并在那里得到了永生。

165. 鹊桥仙·奥运^①

爱琴奥林^②,昆仑县圃^③,万里仙乡难度。鲜衣怒马^④似云浮,为知晓、神州夸父⑤。

　　旌旗遮日,战将云聚,又满神京驿路。欢歌笑语漫九州,共抒写、和平大赋。

【注释】:
　　①奥运:海神之子伯罗普斯为娶公主希波达米亚,在赛马车中战胜了国王俄诺马依斯,因而得到了公主和王位。为了庆祝胜利和感谢神灵佑护,在奥林匹亚举行了竞技盛会。为古代奥运会的开端。
　　②爱琴奥林:爱琴海畔的奥林匹斯山是希腊神话中众神所居之地。
　　③昆仑县圃:昆仑县圃在中国神话中为神仙所居之地。县圃又作玄圃。《楚辞·天问》:"昆仑县圃其居安在?"
　　④鲜衣怒马:美服壮马,谓服饰豪奢。明沈德符《万历野获编·刑部·冤狱》:"群盗得志,弥横恣为推埋,鲜衣怒马,以游侠为称,其魁名朱国臣者,初亦宰夫也。"
　　⑤夸父:炎帝后裔,传说夸父曾追逐落日。

166. 水调歌头·奥运

　　曦日碧空净,华夏聚彩绫。伏羲①巢氏②应喜,巨巢述衷情。正贺旌旗蔽日,又问号角联营,天下未弭兵。盛会正其时,仁义远风行。

　　乾坤朗,万物盛,震箧生。寻常异坎,离炫高艮翼诚明。泽兑群生顺恰③。消息冯翼④澄清。自考上下形⑤。十字⑥传文明,环宇共太平。

【注释】:
　　①伏羲:又作宓羲、庖牺、包牺、伏戏,亦称牺皇、皇羲、太昊,史记中称伏牺。是中华民族人文始祖。《山海经·海内经》载:"南海之内,黑水、青水之间,有木,名曰建木。太白皋爰过,黄帝所归。说伏羲建木登天。"
　　②巢氏:《太平御览》卷七八引《项峻始学篇》:"上古穴处,有圣人教之巢居,号大巢氏。"
　　③泽兑群生顺恰:唐孔颖达《周易正义》:"法乾坤,顺阴阳,以正君臣父子夫妇之义,度时制宜,作为罔罟,以佃以渔,以赡民用,于是人民乃治,君亲以尊,臣子以顺,群生和洽,各安其性,此其作易垂教之本意也。"

④冯翼：浑沌貌，空蒙貌。《楚辞·天问》：“冯翼惟象，何以识之。”《淮南子·天文训》：“天墬未形，冯冯翼翼。”

⑤屈原《天问》：“日遂古之初，谁传道之？上下未形，何由考之？冥昭瞢闇，谁能极之？冯翼惟像，何以识之？明明闇闇，惟时何为？”此谓屈原的这些问题都能从伏羲的这十个字中找到答案。

⑥十字：伏羲《十言》，乾、坤、震、巽(xùn)、坎、离、艮、兑、消、息。

167. 南乡子·刘翔

星雨泪丝凉，欲写平安又自伤。凝冻尖啸樊口^①上，刘翔，身后娥眉新断肠^②。

抱枕伫闺房，相看金鞋泪几行。黄色^③莫非真专属，思量，锁入香奁一世长。

【注释】：

①樊口：唐白居易：“樱桃樊素口，杨柳小蛮腰。”此用樊口借指美人口。

②断肠：唐武宗病重，孟才人曰：“妾尝艺歌，愿对上歌一曲，以泄愤。”许之，乃歌一声何满子，气亟，立殒。上令医候之，曰：“脉尚温而肠已绝。”此喻刘翔身

后美人肝肠欲断。

③黄色：旧时是皇家专用色，常人是不能使用的。喻刘翔所穿黄色跑鞋恐怕是惹祸的根源。

168. 水调歌头·殇①

才饮阜阳奶，又食三鹿精。咿呀竖子何辜，频乃遇狰狞？帝子斑竹垂泪②，精卫③碧海添惊，青女④眼凝冰。神鸟返魂树⑤，妙法莲花经。

长寿馅⑥，百回奶⑦，瘦肉精⑧。是非天祸，圣明天子自分明。不怪小民无赖，更非奶农刁蛮，商女唱后庭⑨。治乱用重典，百姓盼太平。

【注释】：

①水调歌头·殇：回国路上，惊闻三鹿奶粉事件，怒而作。

②帝子斑竹垂泪：晋张华《博物志》卷八："尧之二女，舜之二妃，曰湘夫人，帝崩，二妃啼，以涕挥竹，竹尽斑。"唐杜甫《奉先刘少府新画山水障歌》："不见湘妃鼓瑟时，至今斑竹临江活。"元张可久《寨儿令·送别》曲："白玉连环，斑竹阑干，回首泪偷弹。"毛泽东《答友人》诗："斑竹一枝千滴泪，红霞万朵百重衣。"

③精卫：《山海经·北山经》："发鸠之山，其上多柘木。有鸟焉，其状如乌，文首、白喙、赤足，名曰精卫，其鸣自佼。是炎帝之小女名曰女娃，女娃游于东海，溺而不返，故为精卫，常衔西山之木石，以堙于东海。漳水出焉，东流注于河。"

④青女：传说中掌管霜雪的女神。《淮南子·天文训》："至秋三月……青女乃出，以降霜雪。"高诱注："青女，天神，青霄玉女，主霜雪也。"南朝梁萧统《铜博山香炉赋》："于时青女司寒，红光翳景。"唐杜甫《秋野》诗之四："飞霜任青女，赐被隔南宫。"

⑤返魂树：《太平御览》卷九五二引《十洲记》："聚窟洲中，申未地上，有大树，与枫木相似，而华叶香闻数百里，名为返魂树。于玉釜中煮取汁，如黑粘，名之为返生香。香气闻数百里，死尸在地，闻气乃活。"

⑥长寿馅：无良商人用旧年回收的月饼挖出馅料做月饼出售，竟说是业内常态。

⑦百回奶：奶厂将过期奶回收掺入商品奶中再售，竟也说是行业常规。

⑧瘦肉精：中科院个别利欲熏心的所谓科学家在全国推广瘦肉精养猪，酿成大祸。

⑨商女唱后庭：唐杜牧《秦淮夜泊》："烟笼寒水月笼沙，夜泊秦淮近酒家。商女不知亡国恨，隔江犹唱后庭花。"

169. 鹊桥仙·神七

云飞县圃①，星流银汉②，澄宇浩然气派。阆风③九陌④洒芳沙⑤，翠鸟⑥报、酒泉澎湃。

星娥引颈，班仙翘首，暗数寂孤岁载。九州重响舜韶歌⑦，振奋起、昆仑血脉。

【注释】：

①县圃：神仙居处，传说在昆仑山上，又作玄圃。《楚辞·天问》："昆仑县圃其居安在？"

②银汉：天河,银河。南朝宋鲍照《夜听妓》诗:"夜来坐几时,银汉倾露落。"

③阆风:《楚辞·离骚》:"朝吾将济于白水兮,登阆风而绁马。"王逸注:"阆风,山名,在昆仑之上。"章炳麟《答铁铮书》:"观其以阆风、玄圃为神仙群帝所居,是即以昆仑拟之天上。"

④九陌:汉长安城中有九条大道。《三辅黄图·长安八街九陌》记载:"《三辅旧事》云:长安城中八街,九陌。"此借喻阆风仙道。

⑤洒芳沙:古时帝王出行所经道路要用黄沙铺路,清水除尘。喻隆重。

⑥翠鸟:青鸟,传说中西王母的侍者,古人喻为使者。

⑦韶歌:《韶》乐,传说虞舜所作。汉应劭《风俗通·声音序》:"夫乐者……尧作《大章》,舜作《韶》。"南朝梁简文帝《上皇太子玄圃讲颂启》:"窃以舜《韶》始唱,灵仪自舞。"

170. 好事近·秋

细雨送金风,深院树红河绿。金殿饬①查严令,剿举国三聚。
应持袁扇②扫浊宇,不教庶民沮。尤见纸虎③呼啸,正风集雨蓄。

【注释】:

①饬:音(chì),整顿。

②袁扇:袁宏(328—376年),中国东晋时期的文学家、史学家。袁宏出任东阳太守时,谢安曾以一扇相赠,袁宏答谢道:"辄当奉扬仁风,慰彼黎庶。"

③纸虎:陕西发生的农民周正龙假虎照事件。

171. 声声慢·包存林①

层层墨染,碧水潺潺,篁竹脉脉侣伴。细刃轻缠青簚②,惹人人叹。他乡踏遍瀚海,为供销、愿同龄赞。广佬悍,便能人、立起厂房成串。

抛掷豪奢千万,根本是、人人杜绝污染。抑事宁人,冀望大船纵远。难堪半山瞭望,送目及、恶浪漫卷。水浚洌,拚③不与温总作乱。

【注释】:

①包存林:篾匠出身,初中文化,江苏兴利来特钢有限公司董事长。之前曾

在广州跑不锈钢供销,后来回到江苏兴化戴南,成立了自己的厂,发展一帆风顺,几年前就以占地180余亩,产值6—8亿,利税1个多亿的"实力",成为不锈钢行业的领军人物之一。公司诸多项目曾被列入江苏省2005年第二批结构调整和产业升级重点技改项目计划。在当地领导的关怀和支持下,正欲进一步发展成占地500亩,有冶炼AOD、冷轧、制管三大车间的巨型企业。"十一五"期间被确定为打造中国戴南千化级不锈钢制品产业集群的龙头企业。不想资金链断,于2008年11月12日自杀。包存林曾说:"搞企业就像爬山一样,爬到半山腰时,向下看是万丈深渊,没有退路,只有鼓足勇气,奋力攀登到顶峰。"2006年,包存林曾到国家环保总局咨询没有酸洗工序的"无磷无尘""热轧带坯"项目,结果所上项目总投资增加到8600万元,比原先论证的项目要多投入2000多万元。他说:"大家都不上有污染的项目,才是治污的根本之策。"包存林投湖自杀,愿他带走的是水一样清澈的心。

②篾:音(miè),劈成条的竹片,亦泛指劈成条的芦苇、高粱秆皮等。

③拚:音(pàn),舍弃,不顾惜,舍命。

172. 谒金门·转基因大豆①

嘉菽灿,华夏沃畴植产。炎帝心德农稷荐,政仁仓廪漫。

饕餮②勾结红猃③,凶险欲折红线④。无故作基因狂转⑤,攘夺黔首⑥饭。

【注释】:

①大豆:原产于中国,是中国先人们的伟大发现之一。传说稻、黍、稷、菽、麦这五种谷物是炎帝发现并交给人们种植的,后来炎帝又把这五谷传给了黄帝。菽即大豆。农稷:后稷,周之先祖。相传姜嫄践天帝足迹,怀孕生子,因曾弃而不养,故名之为"弃"。虞舜命为农官,教民耕稼,称为"后稷"。《诗经·大雅·生民》:"厥初生民,时维姜嫄……载生载育,时维后稷。"大豆是古代中国人最主要的作物之一,并以此开发出豆腐等很多食品种类。

②饕餮:音(tāo tiè),中国古代传说中的一种贪残的猛兽,以贪吃著称。

③红猃:猃,音(xiǎn),本意指长嘴的狗。中国古代用以指红发的凶暴异族。

④红线:红色丝线,这里指民族传承。

⑤基因狂转:即人工转基因,将人工分离和修饰过的基因导入到生物体基因组中,由于导入基因的表达,引起生物体的性状的可遗传的修饰,这一技术称

之为转基因技术。这种技术的风险是不确定的,通过不自然的方式人为地改变生物的基因,其隐藏的风险让人不寒而栗。

⑥黔首:古代称平民、老百姓。《礼记·祭义》:"明命鬼神,以为黔首则。"美国转基因大豆由于价格低廉(由于美政府补贴)而含油量高,大规模涌入中国,造成中国本地产非转基因大豆严重滞销,严重伤害中国农民利益。

过往数年于不同场合疾呼禁用美国转基因大豆,未得响应。今惊闻奥地利研究人员日前发现,长期食用 MON810 型转基因玉米可能影响老鼠的生育能力,再作呼吁。

173. 夜游宫·金融峰会(赠胡总)

朽叶枯枝满目,怨秋重、压美联储。末路狂奔乱小布。外纷纷,内惶惶,义战怖。

诸侯二十户,共同为、金融分负。盂野不学宋襄①处。序金融,去强权,谋富庶。

【注释】:
①宋襄:指宋襄公,本名子兹甫,春秋时宋国君主,五霸之一。前 642 年齐桓公病逝,齐国发生内乱,宋襄公率领卫、曹、邾等四国人马打到齐国,齐人里应

外合,拥立齐孝公,襄公因此成就霸名。但宋襄公因此自负,多次以盟主自居召诸侯国会盟,而被楚成王羞辱。在盂地(今山西阳曲东北)大会诸侯时,不听目夷的劝告,执意不带兵马,竟为楚成王所掳。泓水之战中,宋襄公大讲仁义道德,死守古代"不鼓不成列"的决斗式战法,不肯乘敌"半渡"、"未阵"而击之,结果兵败身死,为天下人所耻笑。

174. 潇湘神·臧天朔涉黑有感^①

　　星烂斑,星烂斑。泄出丑事一番番。日下世风^②廉耻尽,优伶^③猴冠^④做标杆^⑤。

【注释】:

　　①潇湘神·臧天朔涉黑有感:臧天朔涉黑,世人震惊,作者联想娱乐界层出不穷的丑事,不禁让人深思,乃作。

　　②日下世风:指社会风气一天不如一天。欧阳山《苦斗》:"真是人心不同,各如其面!说世风日下,就是世风日下!"

　　③优伶:古之称优伶者,优,俳优,滑稽杂耍之人;伶,乐工。今所谓娱乐界也。唐段安节《乐府杂录·俳优》:"每宴会,即令衣白夹衫,命优伶戏弄辱之。"

古之优伶社会地位低下，今则树为偶像矣！其所谓天翻地覆欤？此谓倒胃也！惟青少年被此辈误导，不堪焦虑欤！

④猴冠：沐猴而冠。沐猴，猕猴。猴子穿衣戴帽，究竟不是真人，比喻虚有其表，形同傀儡，常用来讽刺投靠恶势力窃据权位的人。《史记·项羽本纪》："人言楚人沐猴而冠耳，果然。"

⑤标杆：测量用具，用木杆制成，杆上漆成红白相间的分段，用以指示测量点。引申为目标、楷模。

175. 定风波·杭州地铁

山冷天灰浊水寒。云低风冽浸腥膻。尖利笛声狂欲乱。凄惨。旌旗浩荡鬼门关。

百亿工程民众盼。虎胆。熊兵十万下龙潭。无奈铁锤挥烂漫。彪悍。杀鸡不只给人看。

【释义】：

杭州地铁1号线湘湖站2008年11月15日发生基坑坍塌事故，21人死亡，24人受伤。事故发生后，国家安监总局副局长赵铁锤赶到杭州地铁施救现场，强调要严查事故责任。但事故责任迟迟不公布。故作。

176. 苏幕遮·王大人与梦院士对口杭州①

湘湖沉,山岳动。人命关天,岂可还欺哄! 疾首伤心入骨痛。铁面无情,定要查懵懂。

好商量,别冲动。大事该小,小事还糊弄。隐患东窗巧灵种②。一纸文书,媒体容易控。

【注释】:
①杭州地铁事故惊天动地,引发利益冲突,遂有言语来往。苏幕遮者,遮也。
②湘湖,本处杭州偏僻,似不应如此急切引入此巨型工程,杭州城内更急需引入地铁的地方多了去了。世谓以一巧灵故也。

177. 雪梅香·二〇〇八年终

好年景,迎头厚雪断南空①。震川覆山动②,全国力聚心同。豪迈九天踏平步③,鸟巢枫叶漫国红④。恨三鹿,丧尽天良,丢尽国容⑤!

年终，费心计，一年沉浮，四方衰荣。可惜年初，令急政密如虹。换鸟腾笼正喧闹，寒流海啸⑥忽汹涌。巴巴地，四万函书，托付乔洪⑦。

【注释】:

①2008年春节前后，大雪肆虐江南。

②2008年5月12日，地震撼动四川等地。

③2008年，"神七"上天，中国宇航员翟志刚完成太空行走。

④2008年8月，北京举办奥运会，火红的枫叶覆了整个国家奥林匹克体育场鸟巢。

⑤2008年9月，多家奶粉厂在奶粉中掺入三聚氰胺事件曝光，引发中国食品安全危机。

⑥寒流海啸：2008年爆发席卷全球的经济危机，中国政府提出四万亿紧急财政救市。

⑦洪乔：南朝宋刘义庆《世说新语·任诞》："殷洪乔作豫章郡，临去，都下人因附百许函书。既至石头，悉掷水中，因祝曰：'沉者自沉，浮者自浮，殷洪乔不能作致书邮。'"后以指不负责任的被托人。

178. 卜算子·二〇〇八乱象之一

一人欲和谐，万众烦滋乱。竹联帮[1]为民请愿，热闹又好看。
动辄围警局，静则路中占。市长书记不敢管，不知何处站。

【注释】：

[1]竹联帮：为台湾最大帮派，号称有 70 个堂口，成员逾 10 万人，核心成员达 2 万人。20 世纪 80 年代在台湾曾活动猖獗，不仅贩毒，甚至敢堵住记者的嘴。1984 年酿震惊全球的"江南案"。

179. 卜算子·二〇〇八乱象之二

堵耳肉蒲团，罩眼大绯闻。娱乐尚嫌不过瘾，还有艳照门。
穷遮小女眼，尴尬小儿问。偶像漫台夸底线，抛胸太斯文。

180. 卜算子·二〇〇八乱象之三

会议不停开，文件纷纷下。要使产品质量稳，各种标签捺。
才按饺子平，又起牛奶假。只想安徒不计生，总是新衣姹。

181. 卜算子·二〇〇八乱象之四

北面要升级，南面高科技。鼠窜狼奔小工贸，淘汰不须计。
东莞不养猪，深圳休织衣。失业如潮税入低，抛出四万亿！

182. 卜算子·二〇〇八乱象之五

安全最要紧，工作要过细。大会强调小会令，全国一盘棋。
山西煤窑塌，杭州湖漏底。铁锤缤纷强悍挥，归去无音息。

183. 卜算子·二〇〇八乱象之六

日日防污染,月月讲环境。大好河山不许糟,留与子孙兴。
异味漫空飘,癌症满村镇。产值高高利税好,赠予模范证。

184. 卜算子·二〇〇八乱象之七

平地一声雷,叱咤万里啸。深山农民猎纸虎①,一览众山小。
八九十个官,四五十张照。锦绣神州多奇闻,常见李鬼笑。

【注释】:

①农民猎纸虎:2008 年,陕西农民周正龙在有关官员指导下以挂历上翻拍的虎照谎称在陕西境内发现灭绝已久的老虎,最终被戳穿,周正龙被判缓期徒刑,但幕后指使者终得保全。

185. 卜算子·二〇〇八乱象之八

我住长江头，君住长江尾。公费考察到处飞，拉斯维加会。
埃菲塔前游，红灯区里醉。昨日纪委有响动，此去不再回。

186. 卜算子·二〇〇八乱象之九

新闻是阵地，宣传是堡垒。舆论监督正义张，社会先锋队。
奶粉吃死人，工矿事故累。真假记者排成队，先领封口费。①

【注释】：

①奶粉添加三聚氰胺的丑闻爆发后，有记者揭发当年安徽阜阳假奶粉事件爆发时，有人以巨额封口费换得其企业没有在作假企业名单中录入。

山西矿难频频，地方政府部分人与矿主穷于掩盖事实真相，以致一些地方发生真假记者到矿难现场排队领取封口费的现象。

116

187. 卜算子·二〇〇八乱象之十

国人爱品牌,外人贪便宜。大街小巷卖名牌,乞丐背拉维。
米兰查箱包,巴黎扣饰配。国际机场目睽睽,心为国人碎。

【释义】:

中国市场假货盛行,已为世界所病诟。

188. 卜算子·二〇〇八乱象之十一

干部要考核,教育是关键。各种资源办大学,挽救千百万。
上课侃大山,考试靠手段。老子花钱买文凭,谁要你来管?

【释义】:

2008 年 12 月 20 日,在陕西咸阳一个党校研究生班的考场,陕西乾县科技
局局长王显亮大骂对其宣布考场纪律的监考人,称:"这是啥考试,还弄得和真
的一样,我掏钱买文凭,你有啥资格管我!"

189. 卜算子·二〇〇八乱象之十二

社会发展快,干部任务烦。一个正职十个副,工作分不完。
蚁聚报公考,蜂拥入机关。拉动内需度危机,还靠公务员。

190. 卜算子·二〇〇八乱象之十三

水果泡硫黄,大米抛石蜡。百叶鱿鱼浸甲醛,酱油出毛发。
避孕药养鱼,苏丹红喂鸭。大豆食油转基因,奶用腈胺杂。

191. 卜算子·二〇〇八乱象之十四

小病不请医，大病求菩萨。白褂天使不敢求，药贵医难怕。
医改廿九年，看病如刀剐。重病一场毁一家，回扣红包煞！

192. 卜算子·二〇〇八乱象之十五

有权不在小，再小也能用。回扣红包小意思，灰色收入众。
雁过要拔毛，入庙要进贡。法国老板叫警察，连锅一起送。

【释义】：

2007 年 6 月 25 日至 8 月 1 日，应家乐福上层报警，北京警方以索贿受贿罪逮捕 8 名家乐福经理级员工。而内地一些零售企业此前在接受采访时则称，采购环节收受贿赂已经是非常普遍的潜规则，因为数额不大，涉及人多，目前各企业基本没有切实可行的根治这类腐败的办法。其实岂止零售业界，中国各行各业，行贿索贿之风愈刮愈烈。

193. 卜算子·二〇〇八乱象之十六

食是民之天，药救民之命。天命神降药监局，责重权更重！
明里拒腐蚀，暗地狂收贡。假药新方漫天飞，百姓毛骨耸！

【释义】：

近年来药监局系统不断有人因严重经济犯罪受到法律制裁，2007 年 7 月 10 日，国家食品药品监督管理局原局长郑筱萸 10 日上午在北京被执行死刑。2008 年 1 月 15 日，在通州市某医院救治的 72 岁邱老先生因注射假人血白蛋白而死亡，由此又挖出为这批假药提供保护的如皋市药监局原药品稽查科科长兼稽查大队大队长王军。真可谓前仆后继！

118

194. 卜算子慢·叹田文华

寒枝寂蔑,昏日渐沉,虐土冽风枝碎。一路囚笛,怨断鼠年混秽。眼低垂、恐见婴儿泪。股战栗、铁证如山,法曹怒目锋锐。

怕旧时回味。梦骏马奔腾,俏牛行缀。老骥伏枥,断使玉汁渥沛。却如今、孺子千夫啐。纵换得、新牛勿虑,奈花发听罪!

【释义】:

2008年秋,震惊中外的婴幼儿奶粉掺入三聚氰胺事件爆发,国内外多家企业卷入。犹以位于河北石家庄的三鹿集团有限公司作案危害最大,该公司董事长田文华被判无期徒刑。

田文华,由一名兽医成长为一家大型奶制品生产企业的董事长,也曾卧薪尝胆,豪情满怀。

牛根生之流虽也卷入三聚氰胺事件,经济受到损失,但毕竟没有牢狱之灾。

119

195. 声声慢·再叹田文华

兢兢业业,日日年年,勤勤恳恳切切。最是凄凉时候,幼儿托姐。七千六百昼夜,乳配方、国家津贴。冲天愿,火般情,却被聚胺扑灭。

满耳讦言推卸,当日事,如今有谁真确? 外佬没辙,奥运不由怠懈。三十六万儿患病,哭震天、王顾嚅嗫。胆肺裂,拼向铁笼荐耄耋。

【释义】:

1983 年,田文华成为牛奶厂生产副厂长,对技术创新有充分认识的田文华同时作出一个影响到企业今后 20 多年发展的重要决定:设法争取到国家"奶粉配方母乳化"课题,跻身原轻工部"母乳化奶粉"定点生产企业行列。1993 年,三鹿终于攻克了"奶粉配方母乳化"课题,公司也由此登上全国奶粉销量冠军的宝座,并连续 15 年保持不变。在田文华带领的 21 年间,三鹿婴幼儿奶粉曾连续 15 年全国销量第一。她自己也一直被各种光环笼罩,并享受国务院特殊津贴。在三鹿集团有股份的新西兰恒天然公司在公司决策中也负有责任。河北省政府与石家庄政府有关负责人在整个事件中的角色很奇怪。

196. 扬州慢·田文华别哭

燕赵名家,无情巾帼,盛名却自丑闻。尽卅年坎坷,没万里风尘! 自氰胺、潜规①暴露,四方延蔓,地黯天昏。欲草草、平抑民非,归罪残身。

不说政废,伪商品、弥满农村。纵百样提防,千般变化,难挡乌云。悔听了长官令②,夷人论、量少无损③。莫学周正龙,名节惟是大伦!

【注释】:

①潜规:三聚氰胺事件刚露端倪时,舆论界曾流行"奶界潜规则论"。

②长官令:当时正值奥运期间,地方政府要求三鹿稳住局面。

③新西兰人虽在小范围内提出问题,但也心存侥幸,同意含少量三聚氰胺

120

的奶粉进入市场。

197. 调笑令·小沈阳

惊艳。惊艳。爷们油头粉面。拿腔拿调俗庸。一日紫中透红。红透。红透。时下世风粗陋。

198. 潇湘神·小沈阳

小沈阳。小沈阳。大江南北贺年忙。春晚一声钱不缺,从今时尚娘娘腔。

199. 醉太平·蓄水池

忙时做工,闲时务农。风生水起繁荣,赖农村库容。
回乡过冬,实心受穷。待得路转回峰,念田头弟兄!

【释义】:
为温总理发表"农村劳动力蓄水池"理论作。

122

200. 调笑令·央视

央视,央视,独步神州气势。千金打造裤骚,新春力捧怪妖。妖怪,妖怪,烟火元宵震骇!

【释义】:

央视新春节目经常出现较俗的节目以取悦观众。2009年春节联欢晚会更是如此,如"小沈阳"穿裙子、说娘娘腔等。

2009年元宵之夜,央视失火(火烧大裤衩),熊熊烈火染红了北京的夜空。

201. 调笑令·蒙牛①

氰胺,氰胺,罪恶全归奶贩。牛老泪下如湫②,"民族品牌"懵牛③。牛懵,牛懵,偷食欧皮④量重!

【注释】:

①调笑令·蒙牛:见牛根生老泪纵横,恬不知耻地呼吁挽救他的"民族品牌"有感。

②湫:音(qiū),水潭。

③懵:音(měng),本义为昏昧无知的样子,这里意指欺骗。

④欧皮:OMP,造骨牛奶蛋白。牛根生在他的顶级品牌"特伦苏"中添加OMP,并以此为噱头推出所谓金牌牛奶,高价出售,一经揭露,在三聚氰胺惊悸尚未消退的市场掀起轩然大波。最终,卫生部又一次出面,会同多个部门的专家对添加了OMP的蒙牛特仑苏牛奶进行研讨后认为,这一产品没有健康危害,但OMP不是现行国家卫生标准允许使用的食品原料,蒙牛公司进口并使用OMP没有事先申请批准,并擅自夸大宣传产品功能,违反了食品卫生法的有关规定。事态如同儿戏般被摆平!

202. 调笑令·张世强

民贷,民贷,席卷浙南澎湃。官参民入发财,黄粱梦破自裁。裁自,裁自,连爆三枪才死!

203. 调笑令·家电下乡

家电,家电,下放乡村妙算。三农自要帮扶,中央政策用足。足用,足用,高价仓存撬动!

204. 调笑令·新星沉没

驳米,驳米,卸货交割诡异。俄人海上羁船,输来劣米野蛮! 蛮野,蛮野,老板抉择毁灭!

【释义】:

2009 年初,发生俄国人击沉逃跑中的中国散装货轮,过程十分诡异,有感,故有此作。

205. 调笑令·新星事件

　　难怪,难怪,毛子生来狷①隘。偏航入境加凶②,烦言议会炮轰③。轰炮,轰炮,驳米私船要跑。

【注释】:
①狷:音(juàn),胸襟狭窄,性情急躁。
②偏航入境加凶:1983 年苏联空军击落偏航韩国民航 747 客机。
③议会炮轰:1993 年 10 月 3 日,当时的俄罗斯总统叶利钦下令进攻议会大楼,演出一出炮打议会的闹剧。

206. 调笑令·新星黑心老板

　　海损,海损,货主当然不肯! 法庭祈求赔加,船只扣住保押。押宝,押宝,人命不值钞票!

207. 调笑令·痛吊王君眼泪

　　人祸,人祸,煤矿排查有过。黄泉万尺心揪,麻烦省长泪流①。流泪,流泪,应是学农太水②!

【注释】:
①省长泪流:山西省长王君在一次大会上痛哭流涕,说:"再也哭不起了。"
②学农:即孟学农,山西前任省长,因造成 254 人死亡、35 人受伤的襄汾县"9·8"尾矿溃坝重大责任事故辞职。

208. 忆王孙·王君泪

　　王君泪水势汹汹,欲破阎王九域宫①,猿鹤虫沙②意未通。月流空,又笑南人鼻涕虫③。

【注释】:

①九城宫:民间传说,阎王殿有九层。

②猿鹤虫沙:旧时比喻战死的将士,此指死于非命的人。晋葛洪《抱朴子》:"周穆王南征,一军尽化。君子为猿为鹤,小人为虫为沙。"

③鼻涕虫:有宋一代,最高统治者崇尚和谐,社会好哭,上至皇帝,下至文人武士,动辄痛哭流涕,被金人讥为"南人鼻涕虫"。

209. 酷相思·气候峰会①

雨雪丹麦风穆穆。极地雪,消融速。②正急煞,全球经济怵。③旧大陆、萧条著;新大陆、污龙著。④

马嘴牛头京都数。⑤各自个、说难处。问贝氏、威尼斯水路。⑥国富也、休迟误;国穷也、休迟误。

【注释】:

①2009年12月7日至18日,哥本哈根世界气候大会(全称《联合国气候变

化框架公约》缔约方第 15 次会议）在丹麦首都哥本哈根召开，来自 192 个国家的谈判代表参加峰会。会议在各国利益的博弈中草草收场。

②据世界各国气象组织观察，南北极冰盖、各大陆雪山冰川近年来消融加速，赤道一些岛国面临灭顶之灾。

③2007 年开始的全球经济危机仍未解除，为这次气候峰会自始至终蒙上失败的阴影。

④新旧大陆之分原指欧洲旧大陆与地理大发现后的美洲大陆之分。在此指以欧美为主的发达国家、以中俄领首的新兴发展中国家以及不发达国家不同的现状。

⑤《联合国气候变化框架公约》缔约方第 3 次大会 1997 年 12 月在日本京都通过了《京都议定书》，认定人类活动排放的大量温室气体导致地球温度上升，可能引发大量灾难性后果。为此，各国应根据"共同但有责任原则"和各自能力采取行动对付气候变化。在《京都议定书》的第一承诺期，即从 2008 年到 2012 年期间，主要工业发达国家的温室气体排放量要在 1990 年的基础上平均减少 5.2%，其中欧盟将六种温室气体的排放量削减 8%，美国削减 7%，日本削减 6%。但没为为发展中国家规定温室气体减排义务。《京都议定书》还是如期在 2005 年 2 月生效。在这次哥本哈根世界气候大会上，围绕《京都议定书》七国集团与七十七国集团之间发生了牛头马嘴式的争论。

⑥意大利总理贝鲁仕科尼与会，该国著名水城咸尼斯近年来年年海水倒灌，有覆灭之虞。

210. 误桃源·卢广得奖

大奖赠卢广，为有数年辛。万千张写真，叹沉沦。
大员尤自傲，哥本摆功勋。漫道四洋乱，误儿孙！

【释义】：

2009 年 10 月 14 日晚上，第 30 届尤金史密斯人道主义纪实基金在美国纽约美国亚洲协会举行隆重的颁奖仪式，来自中国的卢广以《关注中国污染》的专题摄影获得了尤金史密斯人道主义摄影奖。卢广，1961 年出生，浙江金华人，1995 年开始接触纪实摄影。《中国的污染》是卢广自 2005 年开始拍摄的专题。近五年来，卢广的足迹遍布中国，从中国西部到东部沿海，从黄河流域到长江两岸，专题的内容不断壮大，真实纪录了中国触目惊心的污染现状。历届中央和地方政府盲目追求 GDP 增长数字,对待全民族面临的从精神到物质的严重污染麻木不仁,难辞其咎!

　　哥本哈根世界气候大会将全人类的目光聚焦到全球气候变暖上,其实相对于中国,更实际的问题是必须立即行动,重新建立全民族道德体系,制止对我们全民族生存的精神、物质环境肆无忌惮的污染!

　　个别别有用心的所谓经济学家,故意把外部世界对我们的批评渲染成对我们的敌视,调唆民族情绪,麻痹人民意志,以售其博取个人名利的奸诈计谋,必将被钉在历史的耻辱柱上!

211. 调笑令·雪

　　飞雪,飞雪,欲盖缤纷世界。苍穹劲舞空蒙,关山万里旷雄。雄旷,雄旷,前路激情荡漾!

【释义】:

2010 年 1 月 11 日大雪,令人激荡,有感而作。

212. 一声长叹·春日读长廊上故事,若有所思

　　夭夭甘棠,召伯①不败。幽幽千年,伍员②泣黛。湍湍易水,荆轲③气概。涣涣乌江,项羽④力衰。

　　燕燕往飞,简狄⑤在台。青青幽兰,渊明⑥开怀。皎皎容颜,杜康⑦长唉。关关雎鸠,梁孟⑧长拜。

　　猎猎大风,刘季⑨下坯。茕茕遥思,武帝怨哀⑩。咻咻铜雀⑪,魏武⑫期待。施施霓裳,明皇⑬魄骇。

　　奔奔鸿雁,昭君⑭塞外。起起武夫,绿珠⑮不爱。玲玲碧车,苏小⑯红白。莫莫酥手,唐婉⑰难再。

　　咄咄天问,三闾⑱何待?滔滔长川,夫子⑲何哀?汤汤大湖,范公⑳何哉?茫茫圆缺,朝云㉑何在?

128

【注释】：

①召伯：姬奭(shì)(召公)是周宣王时的一位大臣，人们称他为召伯。他巡行各地时，不要老百姓为他盖房子，都是在路边的甘棠树下搭个草棚办公、过夜，连草棚的边也不要人来修剪。《诗经·周南·甘棠》："蔽芾甘棠，勿剪勿伐！召伯所芨。蔽芾甘棠，勿剪勿败！召伯所憩。蔽芾甘棠，勿剪勿拜！召伯所说。"

②伍员：字子胥，春秋时楚国人，父兄皆为楚平王所杀，为报父兄之仇逃到吴国，帮助阖闾夺取王位后又向阖闾献"三师以肆"之策疲弱楚军，终于率吴军攻入楚都郢，鞭尸楚平王。传说伍员出逃经过昭关，怕人认出，竟一夜之间须发皆白。

③荆轲：战国末期燕赵人，受燕太子丹之托刺杀秦王嬴政，功败垂成。《史记》曰："太子及宾客知其事者，皆白衣冠以送之。至易水之上，祭祖，取道，高渐离击筑，荆轲和而歌，为变徵之声，士皆垂泪涕泣。又前而为歌曰：'风萧萧兮易水寒，壮士一去兮不复还！'复为羽声慷慨，士皆瞋目，发尽上指冠。于是，荆轲就车而去，终已不顾。"

④项羽：名籍，字羽，下相人，楚国名将项燕之孙。秦末与其叔项梁以八千乌程(今湖州)子弟起兵，终于灭亡秦朝，自号"西楚霸王"，鸿门宴上以"妇人之仁"放走刘邦，终有乌江之刎。当项羽四面楚歌，被围垓下时，曾对虞姬唱道："力拔山兮气盖世，时不利兮骓不逝。骓不逝兮可奈何，虞兮虞兮奈若何！"

⑤简狄：传说中商始祖契之母，帝喾次妃，一作简易、简狱，因是有娀氏女，又称娀简。相传她偶出行浴，吞燕卵而生契。商族为东夷分支，所以玄鸟生商，当是由夷族鸟图腾转化而来的故事。古时内陆多以猛兽为旗，滨海则以玄鸟为饰。大概人们见每年春天大批燕子从海上飞来，带来春天，带来绿色，带来万物复苏，视为祥瑞，崇拜之情油然而生。

⑥渊明：陶渊明，一名潜，字元亮，私谥靖节，东晋文学家、诗人。浔阳柴桑人，曾为江州祭酒、镇江参军，后任彭泽令。因不满当时官员的腐败而去职，归隐田园，至死不仕。其有诗曰："幽兰生前庭，含熏待清风。清风脱然至，见别萧艾中。……"

⑦杜康：即少康，夏王相之子，夏朝第六代国王。太康失国，后羿先后立仲康和相，寒浞杀后羿及相自立，相妃后缗氏钻穴得脱，生少康。少康成年后奋发图强，最终攻杀了寒浞及他的两个儿子浇和壹，恢复了夏朝。少康自幼历尽苦难，复国后能勤于政事，讲究信用。在他治理下，天下安定，文化大盛，各部落都拥戴他，夏朝再度兴盛，史称"少康中兴"。相传少康身姿俊美，聪慧好学，流落民间时发明了杜康酒。

⑧梁孟：东汉隐士梁鸿为避征召他入京的官吏，逃到江南一带，靠给人春米过活。他每次回家，妻子孟光备好食物，低头不敢仰视，送饭时把托盘举得跟眉毛一样高。《后汉书·梁鸿传》："为人赁春，每归，妻为具食，不敢于鸿前仰视，举案齐眉。"后人以"举案齐眉"形容夫妻相互尊敬。《诗经》："关关雎鸠，在河之洲。窈窕淑女，君子好逑。"

⑨刘季：汉高祖刘邦（前256年—前195年），沛郡丰邑人，字季，有的说小名刘季。因为被项羽立为汉王，所以建国时定国号为"汉"。后来垓下一役击败项羽，开创汉朝。有一年回乡，作《大风歌》："大风起兮云飞扬，威加海内兮归故乡，安得猛士兮守四方！"

⑩汉武帝晚年宠幸李延年之妹李夫人。李夫人早逝，汉武帝非常悲痛，作《李夫人赋》，其中有句："神茕茕以遥思兮，精浮游而出畺。"

⑪铜雀：建安十五年，曹操在邺城建造铜雀台，该台前临河洛，北临漳水，虎视中原，颇显霸王气派。后又在附近建金虎台、冰井台，合称为三台。铜雀台建成之日，曹操在台上大宴群臣，慷慨陈述自己继续匡复天下的决心和意志。操子曹植作有《铜雀台赋》，有"揽二乔于东南兮，乐朝夕之与共"之句。

⑫魏武：即曹操，曹丕称帝后，曹操被追尊为"武皇帝"，庙号"太祖"，史称魏武帝。

⑬明皇：即唐玄宗李隆基。传说唐明皇梦游仙山，听到天上仙乐，心为之动，默默记诵，第二天写出《羽衣霓裳曲》，杨玉环应乐起舞，美轮美奂，明皇为之倾倒。

⑭昭君：王昭君，名嫱，字昭君，乳名皓月，南郡秭归人。公元前33年，北方匈奴首领呼韩邪单于降汉，请求和亲。汉元帝尽召后宫妃嫔，王昭君挺身而出，慷慨应诏。呼韩邪临辞大会，昭君丰容靓饰，元帝大惊，不知后宫竟有如此美貌之人，意欲留之，而难于失信，便赏给她锦帛二万八千匹、絮一万六千斤及黄金美玉等贵重物品，并亲自送出长安十余里。传说昭君出塞时弹琴哀婉，飞过大雁为之伤情，竟坠地自绝。

⑮绿珠：西晋石崇爱妾，相传本白州梁氏女，美而艳，善吹笛。石崇为交趾采访使时以十斛珍珠换得绿珠。后赵王司马伦灭贾南后，石崇为鲁王二十四友之首，获罪。司马伦宠臣孙秀欲得绿珠免崇，石崇不肯，于是派兵杀石崇。石崇对绿珠叹息说："我现在因为你而获罪。"绿珠流泪说："愿效死于君前。"坠楼而死。

⑯苏小小（479年—约502年）是南北朝的南齐时期生活在钱塘的著名歌姬，常坐油壁车，历代文人多有传颂。苏小小作诗云："梅花虽傲骨，怎敢敌春

寒？若得分红白，还须青眼看。"

⑰唐琬：诗人陆游年轻时娶表妹唐琬为妻。但因陆母不喜唐琬，恐其误儿前程，威逼二人各自另行嫁娶。十年后，陆游在家乡山阴春游沈园时与偕夫同游的唐琬不期而遇。两人各作一阕《钗头凤》，其中陆游词道："红酥手、黄滕酒，满城春色宫墙柳。东风恶、欢情薄，一怀愁绪，几年离索。错！错！错！……"

⑱三闾：指屈原，名平，字原，芈姓屈氏；又自云名正则，字灵均。楚武王熊通之子屈瑕的后代，战国末期丹阳人，楚国三闾大夫。诗人、政治家，曾作《天问》，一口气问了170余个问题。

⑲夫子：即孔夫子。《论语·子罕第九》："子在川上，曰：'逝者如斯夫！不舍昼夜。'"孔子感叹时光飞逝正如流水，日夜不止！

⑳范公：即范蠡。传范蠡助越王勾践灭吴称霸后，抛弃荣华富贵，携西施入太湖退隐。

㉑朝云：苏轼任杭州刺史时收的小妾，后纳为夫人，相随苏轼二十余年。在苏轼晚年，照料生活，陪东坡度过他晚年遭受的一切苦难。不幸在陪苏轼贬谪岭南时病死于惠州。东坡曾有词《水调歌头》云："人有悲欢离合，月有阴晴圆缺，此事古难全。……"

213. 慈母吟

茫茫箕山，伯益贤禹，小子启夏①，若木有徐②。千年芙蓉，香飘九州，万岁鲛人，四海遗珠。浦阳溪水③，西子曾游，尖尖山坡④，文长欲住。纷纷战国，世外孤埠，徐有姊弟，掌上明珠。

覆巢垒卵，瘟羸竟入，两岁弟夭，三岁丧父。凤凰卷翅⑤，河上不流⑥，阴霾不遣，荒坟草枯。无尘稚眸，纤纤小手，殷殷嫩芽，天竟弃汝。忽然异日，绳索系母，从此孤女，飘零流落。

血气青年，方刚小舅，浅浅钱夹，小小拳头。一张薄饼，天上珍馐，黄包车夫，脚力真足。惶惶之逃，舅舅英武，戚戚之泪，舅舅莫哭。馨香小院，干净衣服，慈祥外婆，温馨家族。

嗷嗷雏鸟，不得食也，雀巢已覆，卵岂安处？猖猖幼犬，何其哀鸣？乞食久矣，主人见恶。恶即凶叱，见藏食物，麦田失苗，犬幼是咎。父母夭亡，责谴幼畜，天生命硬，不得安休。

无辜小女，飘如萍荇，无力小叔，剽悍叔母。黑碗稀粥，照出星眸，三颗螺蛳，日日果腹。人小力拙，动则得咎，频频打骂，铁钳击头。头昏心悸，从此魔附，小叔不打，竟成永福。

其山小草，自润雨露，东海小花，雾滋风抚。尖山森标，日起日伏，浦阳溪流，水荣水枯。劳燕唧唧，黄鹂咻咻，徐家弃女，亭亭如玉。轻轻包裹，小小码头，心向亲母，上海埠头。

沧海桑田，天翻地覆，锣鼓喧天，人民做主。繁华都市，生活融融，工友姊妹，亲如手足。城市乡村，天尘地土，做工耕田，轻松辛苦。慈母来寻，日日思汝，上海太远，家有贤婿。

细细白沙，薄薄轻雾，新安江⑦畔，燕尔新居。青年有志，芳心可付，家徒四壁，天穹华幕。举案齐眉，含情四目，安穷乐贫，以沫相濡。喷香饭菜，整洁衣裤，俊郎精神，工友羡慕。

喜鹊喳喳，玄鸟起舞，满室春风，浅笑不语。妻子有喜，难煞夫婿，囊空如洗，手头拮据。只有一样，欲想苹果，图画一张，果香栩栩。天使送子，细检儿躯，眼有红丝，悔不贪慕。

燕来雁往,柳絮几度,燕雀处屋,子母相哺。父谋稻粱,千里之赴,母子四人,飘摇小屋。小儿疥癣,大儿疹出,可怜夫君,水土可服? 昨收薪资,已添粮木,勿念父母,赡资已付。

日升月落,秋阴春煦,山道弯弯,崎岖依旧。大儿又高,可罩工服,小儿顽劣,不肯读书。手套已拆,可织袜裤,洗净砂布,可缝衣服。山里瘴寒,勤换工服,当心易损,无人能补。

草荣草枯,鹊桥又渡,登高四顾,水重山复。学校通知,白鞋成伍,家有工鞋,白粉涂布。夏田秋埂,好捡散谷,儿大胃好,更要滋补。煤山拾渣,家用可补,冤家无念,家小无虞。

花开花落,几度春秋,峰峦巍巍,山风呼呼。大儿贪慕,藏人铁球,检出扔出,脸赧脖粗。小儿了得,气躁心浮,一言不合,破人头颅。孟母断杼,我有鞭抽,棒头孝子,古有训谕。

青山幽幽,绿水长流,汽笛声声,催母泪雨。雏燕翅硬,千里琼间,儿子足健,万里学游。海阔天空,是儿天地,慈母勿虑,随身有符。小小身躯,渐远模糊,道声当心,日暑正午。

鹊又喳喳,燕又咕咕,白马过隙,电光石火。尘网樊笼,劣规凡俗,一罩经年,胸襟难疏。小有成就,日思慈母,楼宇渐高,从者成伍。侥幸说服,搬来同住,欢天喜地,年轮同度。

浑浑长源,桓桓青郁,群川载导,众条载罗。我观慈母,心生悲楚,满脸沧桑,不得健步。幼年磨难,顽疾难除,一生悲苦,心魔久住。心向观音,日夜念佛,时昏时醒,满身痛楚。

大钧无私,自森万物,人为三才,不以我故。三皇大人,岂能长住,永年仙人,何处彭祖? 岂欲长年? 富贵尘土。拳拳之心,奉于湘楚。唯愿我母,病痛得除,伍员三间,共作昆赋。

【注释】:

①《史记·夏本纪》:"益让帝禹之子启,而辟居箕山之阳。"传说伯益辅助大禹治水平乱,大禹欲将大位禅让给伯益,伯益避之箕山,让与大禹的儿子启。小子启遂开夏世。

②若木有徐:徐姓来自嬴姓,传说是先帝玄孙伯益之子若木的后裔。相传夏禹封伯益的儿子若木于徐国(今安徽泗县一带),国人遂以徐为姓。

③浦阳溪水：浦阳江，流经萧山，传说西施曾在此江中浣纱。

④尖尖山坡：明徐渭有《大尖山》诗云："万松滴千山，妙翠不可染。割取武陵源，固是天所遣。秦人迹无有，云中叫鹅犬。夜泊渔舟来，下山寻不见。"或曰此大尖山即位于萧山境内的浦阳江畔。

⑤凤凰卷翅：凤凰坞，母外祖族栖息住地也。

⑥河上不流：河上镇，母外祖族栖息住地也。

⑦新安江：浙江建德之新安江镇。

214. 古风

祥云九天外，
瑞石①入安泰。
花香飘四海，
桃庄比蓬莱②。

【注释】：

①瑞石：桃花庄内有飞来巨石两块。

②蓬莱：蓬莱山，古代传说中的神山名，亦常泛指仙境。《史记·封禅书》："自威、宣、燕昭使人入海求蓬莱、方丈、瀛洲，此三神山者，其傅在勃海中。"

215. 古韵

绿蓝青紫红黄橙,
橘梅枣李樱杏檬。^①
最是动情东南处,
片片桃花迎佳人。^②

【注释】:

①前两句:桃花庄内花果园,植满各种果树,橘、梅、枣、李、樱、杏、檬等,都在其中,一年四季色彩缤纷。

②后两句:庄内东南角桃花盛开时最为娇艳。

216. 忍

忍是心头刀,
刀刀记分晓。
鲲鹏脱枷日,
出鞘不许饶。

217. 答肖总

彷徉无所倚^①,泪眼望蜀巴。
满街行走肉^②,遍地露豆渣。
朽木支广厦^③,寒士矜自夸。
龙宫金路滑^④,屋倒千万家。
心痛废墟下,碾碎万朵花。
我欲学东瀛,从此震不垮!

【注释】:

①彷徉无所倚:出自屈原《招魂》:"彷徉无所倚,广大无所极些。"

②走肉:行尸走肉,比喻徒具形骸、没有灵魂的人。清华伟生《开国奇冤·谋

135

攫》:"尽热衰瞒神吓鬼,扮花面走肉行尸。"此处说受灾的人们惊骇中神情恍惚。

③广厦:唐杜甫《茅屋为秋风所破歌》:"安得广厦千万间,大庇天下寒士俱欢颜,风雨不动安如山!"

④龙宫金路滑:清周学源《佛峪咏红叶》:"海上黄金阙,人间锦绣屏。临风霞佩举,带酒玉容醒。"这里指地下深处发生事故,引发地震。

218. 其谁①

平素常思文正公②,
最喜试苑听蚕桑。
手舞足蹈磨台砚,
眉飞色舞著文章。

背井离乡觅杞菊③,
无意围成桃花庄。
遍插红绿待刘郎④,
玄都桃枝可堪赏?

【注释】:

①其谁:《孟子·公孙丑下》:"夫天未欲平治天下也,如欲平治天下,当今之世,舍我其谁也?吾何为不豫哉?"

②文正公:欧阳修(1007—1072年),北宋文学家、史学家,吉水(今属江西)人,字永叔,号醉翁、六一居士。曾任枢密副使、参知政事等职,曾主持科举考试得苏轼、苏辙等一大批后进,卒后谥文正公。

③杞菊:枸杞与菊花,其嫩芽、叶可食。古人喜采食杞菊,唐陆龟蒙及宋苏轼并先后作有《杞菊赋》。

④刘郎:大和二年(828)三月,刘禹锡回朝任主客郎中,重游玄都观,作《元和十一年自朗州召至京,戏赠看花诸君子》,其中有句"种桃道士归何处,前度刘郎又重来",引轩然大波。

219. 贪官

一心一意,弹冠相庆,权在手中就好。

136

二缶二钟,糊涂混沌,与我同拍就好。
三班六房,鼾声如雷,文件宣读就好。
肆行无度,匪徒价廉,能够买通就好。
污物横流,十人九病,老板有钱就好。
六月飞雪,民怨沸腾,上面不问就好。
七青八黄,山珍海味,过节想我就好。
八荣八耻,和谐社会,口号喊过就好。
九九归一,弄虚作假,上级拨款就好。
十目十手,媒体报刊,不报负面就好。
阿弥陀佛,得过且过,日子过去就好。

220. 和谐

家长要和谐,
老鼠笑开颜。
撵着猫儿跑,
狗仔不敢言。

137

221. 和岳擅君《捡柴女儿行》

读君长诗,感慨万千。
农民命苦,被缚薄田。
田少粮贱,吃穿靠天。
出外打工,常遇欺骗。
血汗无回,嚎哭无颜。
无资回乡,抛儿田端。
投诉无门,指望青天。
公仆豪奢,啸歌云间。

222. 鸳鸯(吊张文语小姐)

凄风苦雨佳人愁,
孤身独上燕子楼。
天涯沦落①君莫笑,
鸳鸯从来不到头②。

【注释】:

①天涯沦落:唐白居易《琵琶行》:"我闻琵琶已叹息,又闻此语重唧唧。同是天涯沦落人,相逢何必曾相识。"

②鸳鸯从来不到头:唐白居易《长恨歌》:"鸳鸯瓦冷霜华重,翡翠衾寒谁与共。悠悠生死别经年,魂魄不曾来入梦。"

223. 答心恋故土

自古商人非吝啬,
吝啬绝非真商人。
定陶三弃富国财①,
汶川一亿老吉忱②。
撒尽钱财播希望,

138

几家学舍变猪棚③。
公仆豪迈竞名利，
欲将商人作罪人。

【注释】：

①定陶弃财：传说范蠡帮助越王勾践灭吴复仇成功后，认定勾践不能共富贵，不辞而别，定居定陶经商，曾三次聚敛敌国财富，皆散之。

②汶川地震，王老吉捐赠一亿元人民币，感动全国。

③猪棚：近有报道，历年在贫困地区捐赠而设的希望学校，由于各种原因（政府没有相应政策，学校无法运作或留不住教师），很多已被废弃，被农民改为猪圈。

224. 再答心恋故土

自古经商多谨慎，深知本为官家奴。
雪岩广厦一瞬倾，不知无端中堂怒。
灵巧踏穿湘湖底，为有权贵作背书。
山西十万八千窑，换得刑法变糨糊。
为民索薪太无聊，镜头面前忘法度。
法律废弛掌中揉，万家作坊熄火炉。
农家女，贫家儿，发回田头面朝土。

225. 答心恋故土

江山代有出鲍叔①，
才俊不屑苦读书。
春晚神州尽空巷，
十亿人民看妖姑。

【注释】：

①鲍（bào）叔：春秋时，齐人管仲和鲍叔牙相知最深。管仲曰："吾始困时，尝与鲍叔贾，分财利多自与，鲍叔不以我为贪，知我贫也。吾尝为鲍叔谋事而更穷困，鲍叔不以我为愚，知时有利不利也。吾尝三仕三见逐于君，鲍叔不以我为不肖，知我不遭时也。吾尝三战三走，鲍叔不以我为怯，知我有老母也。公子纠败，召忽死之，吾幽囚受辱，鲍叔不以我为无耻，知我不羞小节，而耻功名不显于天下也。生我者父母，知我者鲍子也。"后常比喻交情深厚的朋友。

226. 答心恋故土《管晏列传》

江山代有出鲍叔，
清风不愿乱翻书①。
鲜衣怒马乌衣巷②，
才俊都做洋功夫。

【注释】：

①清代徐骏作诗："清风不识字，何故乱翻书。"被诬为反清，清廷杀之。

②乌衣巷：在今南京市东南，在文德桥南岸，是三国东吴时的禁军驻地。由于当时禁军身着黑色军服，故此地俗语称乌衣巷。在东晋时王导、谢安两大家族都居住在乌衣巷，人称其子弟为"乌衣郎"。

227. 慰山泉兄

平生钟情虚功名，
顾影方惜翠发波。
拼将龙钟博一笑，
夕阳尚可伴婆娑。

228. 七绝·牡丹

凝香红绮飞燕妆①，
直教吉水②思断肠③。
无心拂却帝王意④，
烂漫开满桃花庄。

【注释】：

①凝香句：李白有诗："一枝红艳露凝香，云雨巫山枉断肠。借问汉宫谁得似？可怜飞燕倚新妆。"

②吉水：宋杨万里（1127—1206 年）字廷秀，号诚斋，吉州吉水人，故有此称。

141

③断肠：杨万里有诗云："牡丹又欲试春妆，恼得闲人也作忙。新旧年头将替换，去留花眼费商量。东风从我袖中出，小蕾已含天上香。只道开时恐肠断，未开先自断人肠。"

④拂却帝王意：传说牡丹不听武则天诏令，被贬出京城。

229. 游燕子楼追记

2007年国庆节，余访游徐州，燕子楼①旧迹已灭，感慨记之。

秋风秋雨润徐州，
碧山绿水封彭侯②。
争得霸业归西楚，③
子瞻④有闲筑黄楼⑤。
有道尚书恋歌舞，
乐天⑥犹自扶杨柳。
美人如今何处去？⑦

142

烟花三月下杭州。⑧

【注释】：

①燕子楼：唐贞元年间，朝廷重臣武宁军节度使张愔镇守徐州时，教习歌舞，得美姬关盼盼，筑燕子楼。

②彭侯：即彭祖，颛(zhuān)顼(xū)的玄孙，相传他历经唐虞夏商等代，活了八百多岁，建大彭国，即现在的徐州。

③争得句：项羽(公元前232—前202年)，名籍，下相人。公元前209年起兵吴中，翦灭暴秦。公元前206年建都彭城，自立为西楚霸王。

④子瞻：苏轼(1037—1101年)，字子瞻，又字和仲，号"东坡居士"，世人称其为"苏东坡"。

⑤筑黄楼：熙宁十年(1011年)四月，苏东坡由密州调任徐州知州，遇黄河泛滥，大水逼城，轼亲荷畚锸，布衣草屦，结庐城土，过家不入，率领军民逼退洪水，遂筑黄楼。

⑥乐天：白居易，字乐天，号香山居士，有诗念关盼盼："今春有客洛阳回，曾到尚书墓上来。见说白杨堪作柱，争教红粉不成灰？"

⑦美人句：苏轼《永遇乐》："燕子楼空，佳人何在，空锁楼中燕。"

⑧烟花句：李白《黄鹤楼送孟浩然之广陵》："故人西辞黄鹤楼，烟花三月下扬州。孤帆远影碧空尽，惟见长江天际流。"徐州燕子楼毁，某在杭州城外另筑燕子楼也。

230. 赠率真老铁

乌托邦里彩羽翔，
华轮熠熠向阳光。
人间世路多崎阻，
与时俱进唤沧桑。

231. 送别山东实习同志

春华新摇禹山绿，
好梦总伴菏泽花。

雀鸟轻轻仙葱影①，
风涛猎猎槐树芽②。
温馨姊妹心底话，
艳丽庄前雨后霞。
归囊终卷纷纷泪，
却惊安泰是我家。

【注释】：

①山东人喜食大葱，以之为美味。

②山东人爱吃槐树花，由于饮食习惯不同，山东来实习的同志开始时非常想念家乡的饮食，常以之入梦。

232. 寒冬

杞人总欲说暖冬，①
大河不允锁雪峰。
四季本应老天定，
玄机不肯人前空。

【释义】：

己丑年十一月，寒流侵袭，大半个中国被冰雪覆盖，比往年提前近一个月入冬。想到近年来"暖冬"之说盛行，戏说之。并非说全球气候变化不足虑，恰恰是因人类无自律、无顾忌、无敬畏而极自私，所谓"人定胜天"的开发，造成了环境破坏，灾害的频发。人类可不自省乎？否则老天的报复岂止暖冬是人类无法预测的！

【注释】：

①《列子·天瑞》："杞国有人，忧天地崩坠，身亡所寄，废寝食者。"杞：周代诸侯国名，在今河南杞县一带。杞国有个人怕天塌下来，比喻不必要的或缺乏根据的忧虑和担心。这就是成语"杞人忧天"的出处。

233. 我们的家园

愉悦在每根指间，
幸福在每张笑脸，
我告诉每个人我们在等待这一天。
花儿放肆她的娇艳，
鸟儿挥动空中的彩练，
鱼儿跳跃在水面，
召唤点不清的蝴蝶。
啊,安泰、安泰……
我魂牵梦绕的地方，
那是我们的家园。

勤劳是每个成员，
善良是每颗心田，
我告诉每个人我们在建设这家园。
姑娘们心灵手儿巧，
小伙子个个身手矫健，
大婶微笑在面前，
述说数不尽的孝贤。
啊,安泰、安泰……
我展才施能的地方，
那是我们的家园。

醉心于每次创建，
仔细于每道关键，
我告诉每个人我们在装扮这世间。
美丽设计市场惊艳，
过硬品质折服全世界，

服务称颂顾客间,
引来道不完的称羡。
啊,安泰、安泰……
我制美造丽的地方,
那是我们的家园。

Every finger moves happily,
Every face smiles warmly,
I'm telling all the people we are waiting for this day.
Flowers show all the colors,
Birds wave the rainbow in the sky,
Fishes jump into the air,
Beckon numerous butterflies.
Ah, Antex……
My dreamland,
That's our homeland.

Every member honest,
Every heart sweet,
I'm telling all the people we are building this homeland.
All girls pretty,
All boys smart,
Auntie smiling from her heart,
Speaking about numerous sweet stories.
Ah, Antex……
Where I fully use my talent,
That's our homeland.

Indulging in every design,
Be careful at every step,

I'm telling all the people we are decorating this world.
Beautiful designs prevailing the market,
Good quality convince the whole world,
Service please all the clients,
Admiring glances from all the sides.
Ah, Antex……
Where I realize my dream,
That's our homeland.

234. 心曲

你看见了吗,我眉宇间的欣喜?
那是因为我望见了你,
远远的那么不真切,
我的血已沸腾语无伦次。
想说爱你不容易,
昨夜已念千遍我爱你……

你听见了吗，我心头的狂颠？
那是因为我走近了你，
近近的那么不真实，
我的血已凝结口不能语。
想说爱你不容易，
昨夜已念千遍我爱你……

你想到了吗，我浑身如火焰？
那是因为我爱上了你，
深深的那么刺心底，
海不会枯石头也不会烂。
想说让我娶了你，
一辈子天天对你念——我爱你……

Do you see the happiness in my face?
Because I see you from far away,
So far that I cannot see clearly,
My blood is boiling my mouth dry.
Not easy to speak out I love you,
Though last night thousand times……

Do you hear my heart jumping in the chest?
Because now I'm near you,
So near that seems not true,
My blood solidified voice frozen.
Not easy to speak out I love you,
Though last night thousand times……

Do you imagine my body is burning?
Because I fall in love with you,

148

So deep in my heart,

Jesus in my heart God at above.

Speak out to marry me,

I will sing to you everyday in my live: I love you……

235. 以人民的名义和张五常先生

以人民的名义，

两千年前的曲阜,仁爱的曙光把人间照亮。

肉食者,请在你的心肝里揣上人民的希望。

以人民的名义，

一百年前的柏林,阴霾遮断了天堂的阳光。

犹太人,请你们为雅利安的苦难作出补偿。

以人民的名义，

并不太远的北京,红色涂满了大街和小巷。

反动派,请用你们的鲜血装点我们的衣裳。

以人民的名义，

警察躺在尸体旁,双手掩盖流满泪的脸庞。

广野上,苦苦挣扎的企业们,判决你们死亡!

编 后 记

　　我与安华因缘际会，颇有幸编校兹书，得其自编本在先，其词暗合古律，声韵铿锵，词调蔚然，甚可读，后识其人，觉其人更可读。待将其诗编理、审校，聊发数语，以纪其事。

　　词为诗余，诗为心声。全书诗词写桃花庄、工人劳动、游历抒怀、时事时评等，无一不出自生活的感悟与生命的体验。读其诗，可想见其人赤诚。安华为某企业老总，他自语欲"建设一个劳动者的天堂"，将企业命名为桃花庄，寓桃花源之意，遍种百草百花百果，庄园建筑古典古色，企业管理富有人文，实因安华之童心精纯，乃有此现实之乌托邦。

　　今人能填妙词者不多矣，安华其填词，先情绪弥漫，寻找适宜之词调，再推敲字词；虽非文思泉涌，然字正词恰、情满意溢，望之庄严，可见其勤奋。桃花庄入诗者："樱云柳雾桃纱，雕廊画榭金娃；凤舞龙飞峻塔。雄姿英发，心仪只在天涯"（《天净沙·桃花庄》），"燕雀嘈杂忙筑舍，一丝一草殷勤络。眼前牡丹枝条弱，雏鸟鸣时、万紫千红这"（《一斛珠·桃花庄》），一花一木皆关情，燕雀筑巢，何尝不是安华寻找归宿。工人劳动入诗者："纤指轻拂丝帛展，银针霓线穿。机声如乐，吐气如兰，晶莹玉山"（《眼儿媚·女车工》），"丝线万千丛，精致细心拨弄。一线一针飞纫，正花开禽动"（《好事近·刺绣》），将工厂劳动填词者，古今罕见，且画象绝美、境界层出者，此安华对词之贡献也。时事入诗者："旌旗一角红透，火炬手，玉辇清秀。不畏魔咒，英勇驱丑，忘却娇羞"（《柳梢青·闻金晶事迹有感》），寥寥数语，美丑互见，"地坼山崩天惨。玉碎瓦解路断。云墨井参遮，泪银河。肆虐寒冰正却。平子铜蟾又咽。西向望昆仑，祝军人"（《昭君怨·川西地震》），地裂人咽，寄托昆仑。金晶、地震以词传，安华个人的褒贬、哀忧汇聚起来，恰恰是我们国家的大事记，此莫非诗史之谓也？然有

150

《慈母吟》，为古风诗经体，一千四百余字，抛却推敲，于母亲节朗诵前两小时内挥就，读来情深意长、一泻千里，带三古遗风，又有楚辞之绚烂，可见安华之功力。

诗言志。读安华之诗，可见其抱负。"念去去，风华淡，罩苍颜。天涯四海漂泊，几回梦沧滩。才拟乘槎飞去，又恐童子相问，未能锦衣还。且俟波涛静，相携渡乡关"（《水调歌头·鸥（赠王俊）》），波涛未静未能回乡，建功立业之心可见，但仍有陶朱公功成身退之念，进退之间，安华也明了纠结。"摇首纳什约翰，摆尾格林斯潘。亚当斯密灵丹，纷纷乱。常思曹规萧颂，玄龄内明外宽。胸中半部论语，天下安"（《添字昭君怨·无题》），半部论语天下安，士子之傲也，但仍是辅弼之道，安华似可气象更为宏阔。此词也可看出其"儒家"情结，安华为卓有成绩的企业家，谦谦君子，书香气华，平日思考人心道德远甚生意金钱，其心欲建立儒教以求信仰，且对儒教建立有严密之思路，其可谓深思乐智之哲人也。亦有诗词写气候者，若"杞人总欲说暖冬，大河不允锁雪锋。四季本应老天定，玄机不肯人前空"（《寒冬》），"马嘴牛头京都数。各自个、说难处。问贝氏、威尼斯水路。国富也、休迟误；国穷也、休迟误"（《酷相思·气候峰会》），皆持论公允，切中时弊，于此可见安华对绿色和谐盼望之殷。

安华于古典文学研究之深，且引书用典之熟便，让人惊羡也。本书所涉典故近千，读之如嚼橄榄，又涉词牌逾百，为当代词人所仅有。或因所涉甚广而格律稍有不合者，瑕不掩瑜也，安华当改进之。与安华聊，知其受半部《史记》启蒙，爱读先秦魏晋古书，且对宋人文集偏爱，读者读本书即可知其所受影响也。现工作百忙，填词作诗本已不易，而寻书中金玉更甚以往。其儒耶？其商耶？其儒商也。其儒者也。

浙江大学中文系教授陈志明先生于寒冬中指导我编书，并给了诸多意见，特致感谢！奈何出书甚急，不及一一采纳，且编者知寡识浅，水平有限，差错定然不少，敬请读者见谅并请赐知。

是为记。

宋旭华
2010.2.25